新装版
明日の花

中村汀女

つつじ咲く母の暮しに加はりし　　汀女

森の都といわれる熊本市内江津湖畔の生家庭先で，母堂斉藤ていさんに立ち添う著者

復刊に寄せて

冨山房より一九六三年に祖母中村汀女の随筆集『明日の花』が上梓され六十一年が経過した。今般、復刊して頂けるということで深謝申し上げる。

祖母　中村汀女（本名、破魔子）は一九〇〇年に生まれ一九八八年に没した。西暦で汀女の足跡を辿るとその時の年齢が一目瞭然であり、また家族との関係も分かりやすい。例えば、熊本菊池藩の家老職に代々あった中村重喜（大蔵官僚）と結婚したのは一九二〇年。私の母小川濤美子（長女）が生まれたのは一九二四年である。

さて本名の破魔子という名前は小学校時代に級友たちから「あら恐ろしい名前」と言われコンプレックスとなり、画数も多くほとほと困っていたそうだ。俳号の汀女は女学校時代にもらった生け花の斎号・瞭雲斎花汀女から取ったものであり、画数が少なく書きやすく本人はとても気に入っていた。

初めての句作は、ラストサムライの一族である武家の娘として厳しく育てられ女中たちと一緒に毎日廊下などの拭き掃除をさせられていた時、ふと前庭の寒菊に気付き「我に返り見直す隅に寒菊紅し」という一句が浮かんだという（一九一八年）。その後句作に興味を抱き熊本日日新聞に投句、選者より大変褒められ翌一九一九年、後に同人となるホトトギスに投句したところいきなり四句入選となった。

ただこれだけ見ると俳句の才能があったと言われるが、母濤美子が常々言っていたことであるが「お母さんの作句は多作多捨。一つの句を作るのに大変な努力が隠れている」とし、私も実際の句作ノートを見たことがある。汀女の日常の心情は「今日の風今日の花」、「身一つにその日の風」がモットーで風も花もその日その日に新しいという心を大事にしていた。本書の題名もそこから来ていると思う。俳句もそうであるが随筆からも、汀女の他人への温かい思いやりと前向きの心持ちが感じ取れる。

二〇二四年一〇月

小川泰一郎

明日の花＊目次

明日の花＊目次

春

夏

秋

冬

カット／木下　春

春

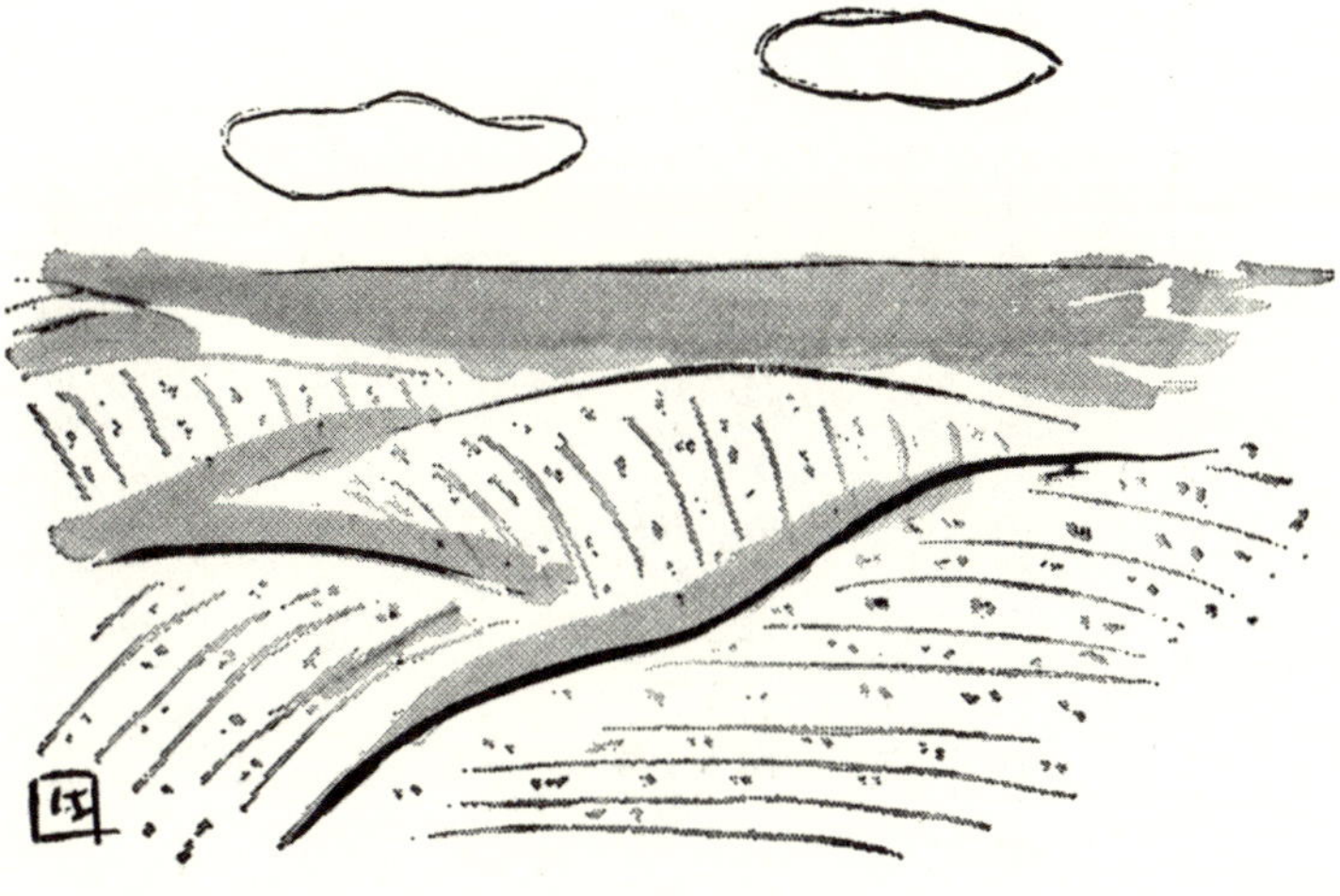

カナリヤ

やはり春である。まだ朝の戸も、明け放たれぬうちから、カナリヤの囀《さえず》りがはじまる。「囀りの高音高音にうながされ」この句ができてから、もう三度ほども春を迎えるが、はげまされる思いは相変わらずである。

何かぼうぜんと時を費しているときには、えてして、気がかりのことや、いらぬことが思い浮かんでくるようだ。こんなときに、鳥の囀りは高まる。まるで心の隙をつかれた驚きとも悔いともつかぬ瞬間である。

うながされるものの多さよ。私たちの日々の暮らしは、ほんとにそういったものではあるまいか。

朝ごとの身をはげまして年用意　英子

これは私の仲間がこの師走《しわす》に見せてくれた句。

風邪ごもり玻璃戸《はりど》に見たる楓《かえで》の芽　菊代

先月の感冒さわぎのときの友人の作である。前の句はみずからのはげましであり、後のは自然のはげましであろう。

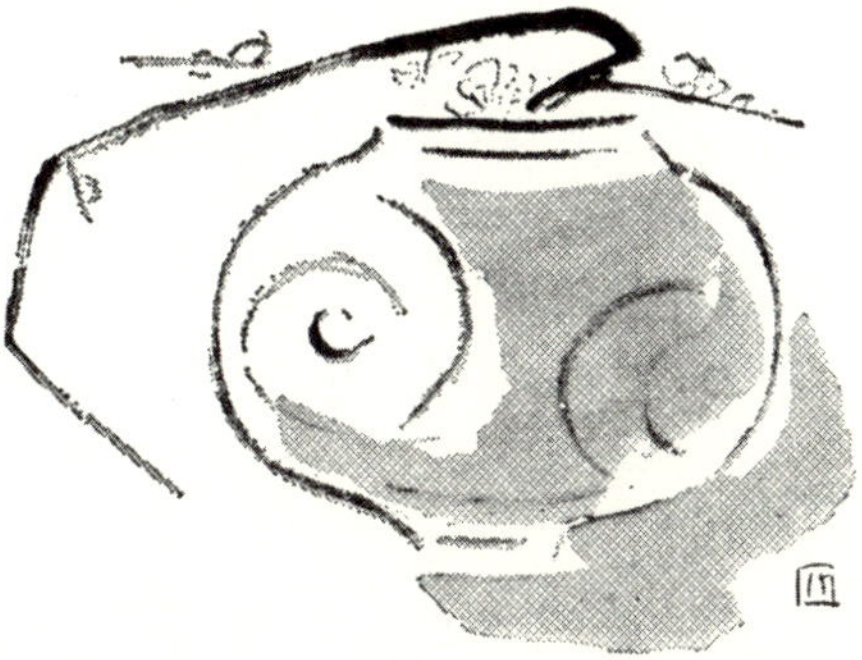

昨日、選をした婦人雑誌の句には、厨《くりや》の棚に移りとどいていた日差しをみつけ「冬去りぬ」という言葉で結んであったが、ひと冬を過ごしたよろこびが、そこにこめられていた。いわば、ほんのひとところに差し込んでいた日差しの温《ぬく》み、いたわり、私はこれもはげましといいたいのである。

さて、高音、低音つづけて、ほんとに、私の目をさませてくれるカナリヤに、私は何をしてやっているのか。来客もその声をききつけて「よく鳴きますね」とほめてくれる。そのたびに私は、何やら気がひけるの

だった。毎朝の水と餌《え》、青菜をきらさずにというのが、せめてもの心づくし。しかしそれにまた、

カナリヤに今日《きょう》の青菜や寒に入る

と、私は句の材料にしているのも、済《す》まない気がするのである。

いま一つの私の好意といったら友人から笑われそうだが、朝のパンに、ゆで卵がつくと、私は黄味をカナリヤに半分わけてやる。上手にわけてやろうとするときの苦心（?）、そのひまを、カナリヤにあげるのだというのは、大げさないい方になるかしら。

飾りリボン

一日の冬へのあともどりに、風邪ひき直して、「今夜はもう寝ます」などと友人の電話

を聞くと、こちらも誘われて寝たい気持ちになるのだった。子どものところへたのみごとがあって受話機とったら、ここも「ママ、今夜は風邪ひいて寝ちまったのよ」という返事に、いよいよ心細く、一度出逢《であ》った春から引きもどさるる寒さが身にこたえるのである。

こんなときには一つでよいから甘い菓子が欲しい。菓子というものは、やはり人とわけあい、いっしょに味わってよけい美味《おいし》くなるものだけれど、小寒い晩のひとりの茶が熱ければ、またしみじみとおいしい。いただきものの菓子も、近ごろは惜しげもなくリボンを結《ゆわ》えたのが多くなった。赤も、青も、紫もリボンはいつでも美しく好ましい。ていねいに巻いて蔵《しま》っておいて、何かの役に立てるのを待つのだけれど、おいそれと間にあわぬうちに、リボンはいつかほどけてからみあっている。友人がいった。

「先までね、髪にもつけ、人形にもつけて喜んでいた近所の女の子たちが、もうみんな大きくなって欲しがらなくなったのですよ」

育った子どもたちをよろこばなくてはならないのに、この話は寂しかった。自分の手のうちのものが離れてゆく気がするからだろうか。

「夫よりも甥《おい》にひたすら毛糸編む」というのは私の若い友人の句だが、これも小さきものへかけるいとしみだろう。いつまでも小さくかわいくあってくれることへの、大人《おとな》の勝手な思いのようだ。

わが家の猫が小走りに庭に出て、何やらうす赤い塊《かたま》りに手を出している。一、二度やってみたが、浮かないようすで手を引っこめた。よくよく眺めたら、冬眠さめた蟇《がま》である。私の考えていた蟇色でなくて、日焼け（？）を知らぬ貌《かお》にして、向きも変えざるゆるぎなさ。いたずら猫にびくともしないようす。

「蟇など捨ててしまおう」

という家人に、夏ごとの庭の馴染《なじ》みのものを失いたくないと思うのも、さっきのリボンの子どもたちへ抱く気持ちと同じかと、いささか気まりが悪い。

寒ければ寒いで心くじけ、こう旱天《かんてん》がつづけば雨を待つ私たちである。

朝のひととき

今年も倖《しあわ》せなことに、私の庭先にも鶯《うぐいす》が来てくれた。暮れのうち、チッチッと鳴いては植込みを低くくぐりぬけていた笹子《ささこ》がしばらく忘れていた間に、大人《おとな》になってまた来てくれた。とにかく、いつの間にか姿ととのえ、声ととのえて、この数日をよく来て鳴く。お隣の奥さんがさきほど、「今朝も鶯が来てよく鳴いていましたよ、子どもの受験で悲喜こもごものところに、うれしゅうございました」

おなじ鶯のはずである。お互いにそれをわが庭のものと思ってよいのは実におもしろい。二声三声のあと彼はふっつり遠ざかる。次の庭木へ、次の籬《まがき》をくぐってそちらの鶯になりに行くのであった。その間に雀の声もまじり、私のカナリヤも、声をつくして囀って

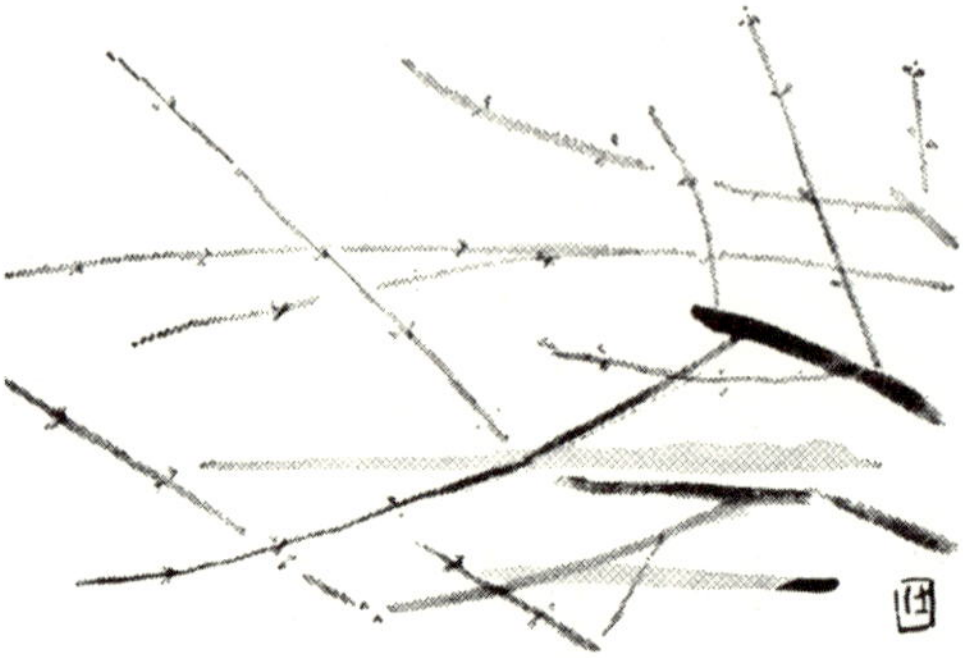

くれるのである。

こんなよい朝のひとときを、流行《はや》りの風邪で寝ているという子どもたちは気の毒だ。隣同志の遊び仲間だから、風邪を買いあうのもしかたがあるまい。昨夜、ちょうど夕飯のあと片づけのときにはいって見えたのはFさん、「お隣のNさんで坊やが熱を出した。水枕を貸してくれといわれたので、貸してあげたそのあと、今度はうちの子どもが熱を出しています。お宅に水枕があれば」といわれるのだった。

幼な児をかかえる母親たちの、隣近所の頼みあい、気のもみように、こちらもあわてて納戸《なんど》を捜してみたが、口金もゆるんだ役立たぬ水枕しかなくて、それは巣立った私の子たちの月日を思い知らせてくれた。

でもこの春の朝、水枕させ得なかったF家の子どもさんも、一晩よく眠っては、ほんとに母親をほっとさせる熱のとれかたかも知れないし、もひとりの子どもは、借りた水枕に、今朝は気持ちよげな目を母に向けているかも知れぬ。

桃の日に寄せて

まったく満開というほかはない紅梅が私の二階の窓にある。その紅《あか》い花のかたまりはそこに顔が映《うつ》るような、からだごとその中につつまれる思いになるのであった。はなれた花の一つずつの、また大きくゆたかに見えること。蕊《しべ》いっぱいに吐いて、ほとんどの花はうつむく。その花の背に朝からの暖かい日がふりそそぐと、花はどうしようもなくしあわせの色をみせる。

私はこの花を桃の花に見たてて満足している。ヒナ祭り、それも子どもたちが手もとをはなれてから、私には浮き雲をへだてた思いの日となった。

子を育て終えた気楽さといおうか、そちらで飾られているだろうヒナ壇のこと、何ほどかの料理のことをただ思いやっていればよいのん気さが、この桃の花になぞらえる軒紅梅ではないかと、勝手な理くつをつけていたが、さていよいよの日となるとおかしなものである。落着けなくて、私はさっさと出かけて桃の花を一枝買い、アラレの一袋を買った。そうすれば金花糖《きんかとう》のヒナ菓子もなんとなつかしいことだろう。タイもハマグリも、まつたけも、幼い日のまま、夢を見する形であり、色づけである。それに菓子屋さんがさし添えてくれた造花は八重桃、つぼみもちょんと紅《あか》くついて。

また取り出してかけたヒナの軸の前に、それらのいささかの飾りをすれば、この心の落ちつきようはどうであろうか。

花ひらく桃の一枝は、いまはもうたしかに紅梅よりも新鮮に、もっとふくよかなすがたである。そしてふるさとの春の日に私たちを誘ってゆく。ふるさとのヒナ祭りはいたって質素であった。しかし床《とこ》の間に粗末ながらいっそうきらびやかなヒナが飾られ、ひし餅《もち》には湖水にそう堤《つつみ》から摘《つ》んだ香の高いヨモギがはいっていた。そしてたれかれがのびやかに、この日を休み憩《いこ》えば、おおいかぶさるような暖かい野の息吹《いぶ》きであり、春光であった。ほんとうにつつましかったが、そこなわれぬ桃の日を持っている私だと思うのに、前日見せられた仲間の句は私をしゅんとさせた。

引揚《ひきあげ》に残せし雛の眉憶《まゆおも》ふ

どんなにまざまざと覚えているヒナ壇であり、その座敷のことだろう。何を残したという話を聞くよりも身にしむのである。

またまみゆ雛の若さよ子は成人

受験の子いたわりたくて雛かざる

「お互いに年がわかりそうね」といって笑いあったけれど、幼時の夢、少女の夢、そして年重ねていっそう夢なつかしく心ひかれるヒナ祭りではあるまいか。

桃の枝挿《さ》して九十の伯母《おば》元気

これはまためでたいことではある。老いに咲き添う桃色ゆたかな花、ヒナ祭りは年ごとに私たちを昔の新しき心にかえし、父母とありし日のままのやさしさに帰れという日ではあるまいか。

内裏《だいり》ビナのろうたけた眉と、瑤珞《ようらく》のきらきらは、一気にこころを改めさすのである。

辛子《からし》和《あ》え

桜餅《さくらもち》川風寒く人遠く　　汀女

なんといっても、行きつ戻りつの春の歩《あゆ》みである。引き戻される寒さは、おかしいほどに私たちをさびしがらせ、弱気にさせる。せっかくの桜餅を食べながら、だれもが別々のことを考えている日の小寒さ。

桜餅も近ごろは、師走《しわす》の月から店頭に出ているようだが、やはり三月の声を聞いて手にすれば、あの薄紅色《うすべにいろ》の折りたたみにも、ほのかな葉の香にも、ほんとうの味が出てくる気がする。春の空あいが必要のようである。草餅《くさもち》にしてもそうである。青々とつき入れた蓬《よもぎ》の香も春たしかなる野を思い合わせてよけいに美味《おい》しくなるのだと思う。

つい一両日前、鎌倉のN家で食べた菜《な》の花の辛子和えはおいしかった。庭内の梅咲く丘のすそ、そこの畑の菜の花だといって、それこそまだしなやかにやわらかい茎の歯あたりに、黄色いかわいいつぼみのほのかな粉《こな》っぽさが、つんとくる辛子になんともよく合うのである。京の花菜漬《づ》けのおいしさの話も出た。生まれた京都を年若く、捨てるように出てしまったというこの家のあるじの話は、当人が淡々と話されるだけに、かえって心ひかれるものがあった。

寄鍋《よせなべ》に入れる芹《せり》もやはり庭つづきの池に生えるとのこと。

「芹の根がうまいのですよ。付けておけというのにまた切って来ましたね」

大ざらに盛り上げた芹はぴんぴんと、ほんとうに葉も茎もはじきあう鮮《あた》らしさであった。私の遠い日の芹も、故里の湖水にふさふさと生《は》い出ていた。

芹摘《せりつみ》に渡るわれ等を鳰《にお》が見る

芹洗ふ流のなかが暖かし

芹摘みし籠《かご》のかたちを忘れたる

芹摘みからはじまる湖畔の春といってよかった。舟こぎ出して、清水湧《わ》く向こう岸は芹の場所である。おどろいて走り、またずんぶりともぐる鳰《にお》も、やがては私たちに近々と浮かびよって来たものだった。

さて煮立つなべの芹、春菊《しゅんぎく》、三葉《みつば》みな灯下に香ばしいものばかりであるのに、思い入った調子に話し出したのはMさんであった。

「娘もいよいよ今年は結婚させねばなりません。本人もそのつもりですけれど、ねえ私たちはあの子一人でしょう。手放してしまったらどんなに淋《さび》しいか！」

「よくわかる。それはね」と私が同意しかけたとき、あるじのN老夫人のぴしりと強い声があった。

「何をいうのです。子を持って育てさせてもらって、うれしがったり、心配したり、さんざんその倖《しあわ》せを味わってきたものが、お嫁にやるのを淋しいの悲しいのなんて、そんなもったいない話があるものですか。よろこんで出してやって、あとはまたあとの幸福をお見つけなさい」

さすが長老の言葉として、私もありがたいものに受け取った。素直にうなずいているMさんもよい人に思えた。

土筆《つくし》も摘みに来《こ》よ、筍《たけのこ》の日にも待つと、しきりにいうあるじを、この広い家にひとり置いて辞すのはつらい気がした。Nさんに子どもがおられないということを、私は帰るころ聞いて、さきほどのこの人の言葉が思い返されるのだった。

遅日

「悴《かじか》みし銅貨もれなくもらひたり」という句が私にあるけれど、先までの銅貨はたとえ悴んだ手からも、まぎれなく受け渡してもらえたけれど、いまのアルミ貨は手にも手袋にもひっついて、なかなか釣り銭にもなりかねるのである。

角の薬店で買い物したら、新店の、まだひっそりと腰かけていた若いあるじが、つりといっしょに景品の剃刀《かみそり》の刃《は》をくれた。私に入用はないので断ったら「気はこころです」とマッチ一個手渡された。広告用のあの薄手のものでなく、昔からの紺色の紙で包んだ例の小箱である。

「気はこころ」という言葉のよろしさ、なつかしさに私はうきうきとなっていたようだ。狭い町筋、肩交わすこともそうならば、荷物満載の車を早くから避けることも、私の今日の「気はこころ」であった。道にころがり出ている石ころを、脇へ退《しりぞ》けておく、下駄でけるのは少々体裁が悪いけれど、何かそれも心やりであった。そうだ、朝のカナリヤの水を、八分目よりはいっぱいと、なみなみ汲んでやることも私のそれといえようか。いささかの心づくしともいえぬあれこれを思い返そうとするのは、我ながらたのしいことであった。

ことわざ辞典によれば「気は心」とは、少しであっても、人につくしたと思えば気がすむ。ということだそうだが、人につくしたというよりは、自分に気がすむと思いたい。

この言葉に思い出すのは、また母のことである。人にちょっとでも土産《みやげ》持たせてやりたくて、茶の間をうろうろしていた母であり、気はこころとことわりながら、なにやらほっとしたおもちの老人を、私はうれしさとかなしさで見守るのであったけれど。

待望の雨に庭の隅までうるおった。誰彼《だれかれ》を暖かい日差《ひざし》のなかで思いやっていいということはありがたい。どこから集まったかと思うほど、向こうの垣根にも子どもの声がする。彼たちは、力み叫ぶ。じっとした声は出しておれぬのである。泣き声もまた子どものよろこびの声である。

長い暮らし

元気な家政婦さんが来てくれて、きょうも洗濯《せんたく》ものが干し広げられる。思いがけなく積もった、弥生《やよい》も末の日の雪も、翌朝は、まぶしく晴れた日差しの中で、ほんとうに湯気立てて解けはじめた。

私のところでは、いつの間にか、縁先が干し場となってしまった。だれでも洗ったものものはぴんとかわいたほうがうれしい。それならばここの日当たりでなくてはなるまいと、あきらめて、私はシーツやエプロンのあい間から、わが庭をのぞき見する。せっかくそろって咲いた黄水仙《きすいせん》も、首をかがませねば見えないのである。

まだ、しずくふり落とす洗濯ものをひろげながら、家政婦さんがいう。

「雪の降った次ぎの日は、坊主も裸で洗濯っていうからねえ」

聞きとめて、私がもう一度言ってといったら、

「栃木《とちぎ》のおっかさんがいってました。ほんとに雪のあとは、こんなにあったかいのだからね」

と、この人はいまさき、母からの聞き覚え、思わず出たわが言葉に、ちょっと、はずかしげな表情である。

昔の人の知恵というか、としよりの口からもれるこんないい伝えが、近ごろ私にはひどくだいじに思えてきた。平易な語調は、私たちに覚えよということに相違ない。私にはまだ幸いに母がたっしゃでいてくれる。先達《せんだっ》て、母を国許《くにもと》へたずねてきたけれど、としよりの日常は、教えられるものばかりである。朝飯の前に、すっかり掃除がすむならわしも昔

のままで、拭《ふ》きつづけてある縁側の艶《つや》にも、昔ものの、ありがたい気性が知られた。

母は小婢《こおんな》をさとしていた。

「私は八十五になったからな、おまえたちより、何十年も長《な》ごう暮らしとる」

その長い暮らしの人たちの知恵、覚え守って、まことに知り抜いたいい伝え、ことわざを、味わいかえしたいのである。

苗売り場

それは煮《に》もの用の百合《ゆり》根と聞かされたけれど、惜しくて庭隅に埋めておいたら、ぐんぐんと伸び、やがて丈夫な茎とつややかな葉の上に、たくましい蕾《つぼみ》がついて山百合の大きな花が咲いた。そのあと何年か、百合は忘れずに庭に芽を吹く。私は育ちを待って竹を添えてやるだけだが、それからは町に春の苗ものが出はじめると、いち早くみつけるのは百合根である。

Tデパートのほんとにひっそりした裏階段にもその売場があった。笹《ささ》百合、為朝《ためとも》百合、岩戸《いわと》百合などのよい名前をもらった百合根たちは、一つごとに藁《わら》にしべでゆわえ、そのハチ巻をした格好はかわいくおかしかった。あやめも、ぎぼしも、アマリリスも、あたたかい畑から掘り出されたばかりの色である。また苗木たちは一斉に素直な背丈、楓《かえで》はほどけゆく芽を並べ、白樺《しらかば》のほっそりした幹は早くどこかの庭に行きたげである。木瓜《ぼけ》は赤い花三つ四つつけて存在を見せ、木蓮《もくれん》は紫大きな花をつけていた。この春の風の多さ、荒々しさが、こんな若木の花も吹き折るのかと、ついその木蓮に指ふれてみたら、傷《いた》むどころか、垂れたその花びらは、指にこたえるつよさであり、それは一弁反《そ》らしたほんとの花のすがたであった。そのうれしさがふっと私に、赤いものを身につけたという還暦のことを思い出させた。

ほんとをいうと、昨年までは還暦などといわれると、隠したく忘れたい思いがしたのに、今年になると、それが誇らしい気さえしはじめた。友人が挿木《さしき》のリラの初花を持って、よろこびに来てくれたときも、S家でたかせて下さった赤飯の身に沁《し》んだのも、還暦とみずからもたしかめたいものがあったのだ。

春の夜を縫《ぬ》う袖裏、それはいよいよ白ときめ縫うのだというだれかの句があったけれど、せめて袖裏ぐらいはいつまでも赤をつけたいとの女の未練はうなずける。晴れて赤いものを身につけさせる還暦の祝いというものは、男よりも女にふさわしく、心憎きまでのしきたりである。

転任

通りの一本の桜が昨日の夕方、風の中で花をまじえていた。夕風も夜風もたのしむ花の白さであった。そこへ来かかった男の子の兄弟、兄は小学校の今度の進級で、四年ぐらいであろうか、弟の肩に手をまわしたよき兄ぶりである。女の子の場合よりも男の子のこんな姿が自然で好ましく見え、この子どもたちにこそ今や咲きはじむ桜だと思われるのだった。

暖かな日は思いがけない人が私の玄関にも来て下さる。Oさんは横浜時代の友人、まだ小さかった私の子どもたちがずいぶん世話になった。静かなものごしで、私よりもこまごまと子どもたちに気をつけて下さったし、よく届けてもらった五目ずしはおいしく、また、「Oさんとこのシナそば」といえば、いまだにうちの子どもらのなつかしの味である。

今度、息子の転任で、静岡に越すからとの暇乞《いとまご》いであった。

「瀬戸ものをこわさないように包んでやっています」

「チューリップが芽を出していますが、持って行けましょうね、バラも二本、芽を吹きましたが大丈夫でしょうか」

「転任にしたがふ老や秋の暮」これはとうとう会う日がなかったある老婦人の句。この句を思い出していた私に、Oさんはむしろ転任をたのしむ口ぶりだった。

「孫ってわが子よりかわいいものでございますね。嫁がその子を叱りますと腹が立ちます。うちの子をと思いましてね」

「うちの子」にはさすがの私もおどろかされたが、この幼いもののあるところに、喜びついて行くOさんなのである。抱けば肩こる、乳母車押せば足が痛むとこぼす言葉も、ほんとは孫かわいさの裏返しであろう。転任。連れてゆかれる赤ん坊にはもちろん、バラ、チューリップにこの上ない季節であってよかった。

若き母のこと

目がさめると、欄間《らんま》が思いのほか明るくて小鳥の低い声が聞こえる。それなりのたのしげなさえずりは、もうさきほどからの鳴きつづけだと思われた。こんな春暁にみどり児はたしかな寝息に眠り、そしてまたぽっかりとつぶらな眼にさめて、泣き出すまでには少しの間がある——など思い浮かべるのは、あちこちから初産《ういざん》の便りを受けるからだろう。

おもしろいのは、この人がと思うのが、父親になったとたんに、打って変わった子ぼんのうのことである。女のほうはもちろんだが、男のほうの変わりようを、私はもっともだと思いながら、またそこになんともいえぬ自然のありがたさが感じられてならぬのだった。

　春隣り襁褓《むつき》にあまる吾子《あこ》の足

という句を見つけて私は微笑《ほほえ》ましくなった。細君の句ならばそうでもないのに、これは最近父親になった、おとなしいF君の作である。生まれたての、手に載《の》るほどの小さな児、つまんでもこわれそうに細かったみどり児の足が、日に日にどころか知らぬ間に肥ってきて、まったくつつむにあまり、おむつをはみ出すかわいい足のはずみ、それは父親の歓喜であり母親の誇りなのである。大いに育児にあずかるらしいF君をうれしく想像した。はじめ「子どもなど」といっていた男性が、ふしぎなばかりの父親ぶりになるのであるから、母親となることに、女のほうもいらぬ心配はしなくともよい。といってそれは、正当の夫婦間の子どもなればであり、甘い言葉だが、

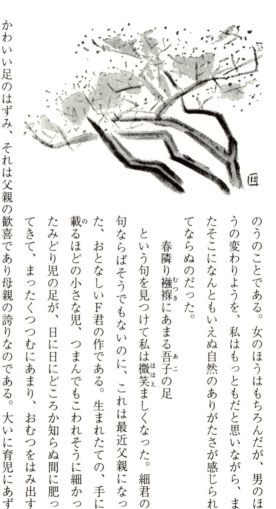

「晴れて」父と呼び母と呼ばれ得る間柄においてのみである。

先夜、一本のビールにほどよく酔ったKさんが、初めて告白した。「娘がねえ、お母さんたちの結婚の写真を見せてくれというのに、私は焼いたのだ、といって見せないのですよ。だって、結婚の日がわかると、あの娘の生み月の早いのが知れちゃうんですもの」

公然の婚約中だったKさんにしてもそうである。なまじいに生まれた子どもでは、母親はいつになっても、いくらかの心の重荷は除ききれないのではないかしら。

出産は女を美しくする。衰えさすというのはまちがいである。子を育てる意欲、自分でも信じられぬほどの勇気――ともいえる、心の張りがその人を美しくするのだと思う。私の見るところでは、これは母乳をやっている若い人たちにことにそうである。乳をのませれば、なんとまた見事に空腹を感じるものだろう。食べても食べてもおいしく、そしてとくとくと出る乳のよろしさ。新《あら》たに母となった人のつややかな顔、円《まる》みを帯びた胸のあたりに私は祝福を贈らずにおれない。

子を生むということ、それはひとりの女性が母親になったことではない。そのつづき、そのうしろに、その幸をわけ、その小さき生命への責任を感じているものたちがあるのを知ってもらいたい。

遠蛙《とおかわず》

春燈に再び孤独の一間かな

子の思ひ果してわれも花の旅

第一句だけを読めば、客でも帰ったあとの寂しさをいったものだ、と思うか知れぬが、第二句をみて、いくらか作者の心持ちがわかるだろう。しかし私は、ああやっぱりそうだったか、としばらくしゅんとなっていた。

月に一度の俳句いくつかを見るだけで、会わない人の作品だが、会わないだけに、句が消息をよく伝えてくれる。

この句の作者はここ数年に、夫を失って育てた息子が病気、入院、そして全快して手許にかえってきたよろこびを述べた句を送ってきていた。忙しい寮母の仕事のかたわらに、久しぶりに息子と暮すうれしさに胸はずませた句があったが、どうやら息子には意中の人があるらしいというようなのもまじったものである。さて、今度は「子の思ひ果して」の句となっていた。「花の旅」とそれこそこの人にとっては珍しい旅の句、待望の旅行に出た人らしいけれど、まだまだ心軽くならず、手放した——巣立ち行った息子への想《おも》いに左右されているとしか私には受け取れぬ。

　子の重荷とはなるまじく遠蛙

これもまた別の婦人の句。私はこの人のこともいろいろに想像し、同感し、身近にはげましあう気がするのだった。

次の手紙は若い人のもの。

「この春から長男が幼稚園に通い出しました。子の生長を祝して喜んでやるべきですのに、なにか一抹の寂しさを感じます。私を嫁がせた親の心はいかばかりと、今にして母の心をわかる気がいたします」

人の親のかなしさ、子のまわりをめぐる遠退《とおの》き、すぐ近寄りゆく己《おの》れをたしなめているのが、人の親、世の母親たちである。

花見

井《い》の頭《がしら》公園へ、まったく主婦ばかりの俳句会である。昼の一時集まりといえば、一応の暇はだれも作りよい。おかげで思わぬお花見をしたという人たち。私もほんとにおかげで、久しぶりの井の頭である。

ぱっとひらける水の光、その水の反射の中に、胸のうちのもやもやが消えてゆくのは、私ばかりであるまい。

水面に差し出す木の芽吹きのはなやかさ。それに比べると、空にばかり花をさし上げている桜はよそよそしくさえ思える。めまぐるしいボートの数である。しかし水の上はよい。舳《へさき》にふれあうあぶなさも、舟はすぐ楽しげに別れあう。ひっきりなしの横波に、浮き草が揺れ、若芦《あし》が揺れ、水に透く藻《も》が、ゆらゆらとゆれている。河骨《こうぼね》の葉も、ようやく水をはなれるところだが、まだほんの三角葉。

私はここの、水すれずれに低くかけた橋を通るのが楽しみである。きょうはまた、お互いに花の半日、橋の上も人でいっぱい、鳰《にお》をながめ、藻をくぐる緋鯉《ひごい》をうっとり見ていると、自転車押した人が何度か通る。袖《そで》すれずれの自転車は不愉快だ。

自転車は、子どもの遊び場も、せっかくの池の端も、無遠慮に通るのだった。警笛をならされると、私たちはいつもあわてる。花美しく、水美しい公園に来てまで、身をかわさねばならぬのは情けない。

公園では車を禁じてほしい。キチキチと寄ってきた、自転車の音がひどく気になったのも、咲ききった桜の、ほんとに散りもはじめぬ静かさに、心とられたからであろう。

井の頭といえば、あの立ち並んだ大杉《すぎ》たちは、いったいどうなってしまったかしら。大杉があって、池は広さを増し、水も澄み、苔《こけ》のついた根もと、たしかに清水《しみず》わくと思う踏みごたえが忘れられないのに、杉たちは、さっぱり伐《き》り退けられ、切り株さえも見ないのだった。これまた寂しいといったのは、私ばかりではなかった。

芽木匂《にお》ひただ昔日の杉を見ず

初もの

家を建てる大工さんの仕事の音は、空が待ちかまえて取ってしまうが、その空にひびく軽やかな音は私は好きである。

お隣に二階がつくことになった。地境《じざかい》ぎりぎりに拡がっても、これはよその地所だから止むを得ない。私はその西空の方に見つける雲をたのしんでいた。その眺望がふさがれる歎きも、よくしたもので、建物が日に日に形をなしてゆくと、ふしぎとあきらめがついてくるのだった。棟木《むなぎ》が上がるときの木槌《きづち》のこだまは気持ちがよい。きょうはもう仕上げに近いのだろう。こまかな金槌の音に、すっすっと軽く鉋《かんな》の音がまじっている。薄く薄く、ほんとに光って生まれてくる鉋屑《かんなくず》のようである。

庭木越しに見えた老大工さんは、よい顔であった。このごろはこの人の、仕事にかかる音から私の朝も始まる。春暖かな日を、着々と進んでゆく家作りの音は、狂いなき手なれの仕事を、さらにまた終日打ち込んでいる人の手許からである。

一斉に雨にほぐれ、風にほぐれゆく木の芽たち。欅《けやき》は欅、梅は梅のまぎれようなき芽の太り、葉のほぐれように、心急《せ》かれるきのうきょうである。

ひとりの友達は連翹《れんぎょう》が咲いていたと、きょうの車窓のうれしさをいっていた。別の人は、せっかく咲いた木蓮《もくれん》がすぐ烈風に揉《も》まれていたんだことを告げた。私は、裏庭の日陰に、まるで忘れていたクロッカスの花を見つけた。そこへ筍《たけのこ》のいただきものはありがたく、ころりと太くまろく、食べるに惜しい初筍である。初もののうれしさは、今年の季節のものを、家族や親しいものたち寄り合って、味たしかめあうことである。

夕暮も長くなった。こまかな一本ずつがこころよく利《き》いて行く、釘打つ音もいまは止んだ。軒に立てかけた梯子《はしご》を降りていた大工さんの背が、急に老いこごみ、それは一日の仕事の疲れを見せていた。

杉垣

話のついでに、よく私は人にいう、「暇というものは向こうからはやってこないものです。自分で作らねばできはしませんよ」と。それでいながら、私自身はなかなか実行できず、うかうかと窓の外をながめて時間をつぶす。

昨日はちょうど夕飯までのしばらくを、近所の町に買物に出た。家に嫁ができ、それによい手伝いさんがいて、食事仕度の心配がないという安心さ、のんきさは、私にはなんともいえないものがある。何か食べさしてもらえる、――そしてそこへちょっとした注文と希望、「砂糖がひとさじほど入れすぎたわね」とか「いなかたくわん見つけて買ってね」とかいえるのは、これまたひどく幸福であって、これをやかましい小言だとは私はちっとも思っていない。私たちの年輩のものの、わずかの願いだと、考えてもらえないかしら。

さて、買物は、古いスタンドの「ホヤ」。スイッチつけてしばらく待たねばならぬ螢光燈は、そのしばらくに、私はよく錯覚を起こして、だめかと何度もつけたり消したりをくり返す。納戸《なんど》にあった古いスタンドは、いわゆるホヤを必要とするものだった。

「ホヤ」といっても、若い手伝いさんは解せない顔をした。ランプのホヤみがきなど夢にも知らない年代の人である。

暖かになった通りはよい。しかし急な暖かさをまだ持てあつかってるような空あいの中で、襟巻のぬくみはよいものである。見当つけた電気器具屋の町への近道、高台を抜けて小田急の踏切へさしかかったとき、向こうから会釈《えしゃく》する若い人があった。のびやかな東風《こち》の夕ぐれどき、解きはなされたような気持ちの中で、ちょっとのま、その人をなかなか意識されなかったが、すぐそこの杉の生垣《いけがき》のＹ家の妹さんであった。ここで会うのはあたりまえであるだけに、私は私のぼんやりさが、なおすまなくてわびた。

そこへ聞きなれた猫の鳴き声がする。杉垣の根もとで頭をこするようにして鳴く声を、すかして見ると、これはまた、もう小一年近くも家出していなくなった、うちのブチ猫の「クロ」である。かわいそうに死んだのだと、うわさしあってからもう長い。

クロは私の手にすり寄ってきた。玄関先まで帰って行かれたSさんが「そののら猫は、家にいついてましてね」たしかに「のら」という言葉がついていたのを無視して私はあわてていった。

「まあ、それではお宅で食べさしてくださってたんですか」

「いいえね、何かそこらで食べていますのよ」とのYさんの正直な返事に、私はまたひどく恐縮した。

「まあ、先生のお宅のでしたか、お声でわかったのですね。お隣のSさんにも大きな猫がいて、そこでも遊んでいますよ」

それは耳よりのことであった。そんならそちらでもご飯わけてもらっているのだろうと、何やら安らぐときに、通りかかったのはS家のだろうか、首輪つけてゆうゆうと現れたキジ猫を見て、私は「クロ」の首輪どころか、この猫のあいかわらずの片方の目の悪いしょぼくれた顔に劣等感を覚えずにおれなかった。

私は「クロ」を抱いて今度は早く早くと家へ急いだのだった。

クロは私が覚えていたよりも軽かった。私は、ただこの猫がいてくれたということでいっぱいになっていた。

「これがクロだったんですか」と嫁に聞かれて、なるほど、この人がくるまえの家出猫だったのだと、いまさらはっきりした。

家の三匹の猫たちが平気なわけはない。いちばん若い「チュー」がまず廊下で身構えをし、私たちがクロを茶の間にかばったら、チューは閉めたふすまのあいから、例の小さなしゃもじのような手をしきりに突き出した。

何やら外に出たがっていたクロは、やがて茶の間で眠っていた。それを見とどけて、私も寝たけれど、夜中の鳴き声は、クロ、そして彼は昔どおり、二階のこどもたちの旧書斎の掃き出し窓から外に出たいのであった。彼の記憶のかなしさ、あわれさに、私はそこをあけてやった。宵からの雨は夜ふけてまた強くなっていた。クロはちょっとためらうかに見えたけれど、ついに出ていった。

やっぱり、新しくいついたあたりがよいのだろう。雨の中をも行かなくてはならないように引かれるもの。しかたがないと私はクロのためにそう思ったものの、雨の中をたいして急ぎもしないだろうその姿を思うのは辛《つら》かった。

杉垣の香は私も好きである。――あの垣の根にかがむと私には遠いこどもの日が浮かぶ。毬《まり》を拾い、また男の子の独楽《こま》を拾ってやったものだった。杉垣の根に見る独楽の色彩を、ほんとうに美しいと思ったのは、兄弟がなくて、そんな持ちものに遠い私であったからか知れぬ――その垣根にクロを置いてきたほうがよかったらしいと、私はおかしいほど思いつづけたが、一夜明けて、けさは、一皮はげうすれた愁《うれい》である。

疾風《はやて》

暖気を打ちつけるような風である。向こうに赤い砂塵《さじん》が上がったと見ると、どちらに行くでもなく、実に真っ向に私たちに吹きつける。無我夢中、目をつむってやり過ごして、さて、そこにはふんわりとした暖気の中に、私がつっ立っている。寒くも暑くもないことが頼りなくさえ思われるのだった。

こう暖かくなればお互いに、窓を開《あ》けねばならぬ。開ければ、私どもでも、お隣とさしさわりの窓となる。お隣の台所もきょうは細目に開いているからなにか愉快である。棚《たな》にならんだやかん、鍋《なべ》、色つきの壺《つぼ》は砂糖である。白いふきんも、三枚ほどは、きょうの風で、たしかにかわいたさまに並んでいる。

別に変わった風景でもない、どこも同じの裏窓のながめは、そこの家庭と親しむ気がして、私はひそかに好きであるけれども、かくして、かいま見るのに、変な気おくれのようなものを感じるのは、自分の家ものぞかれたくない気持ちが手伝っているのかもしれない。

こんな遠慮を考えずともよい、これから夏へかけての車窓のながめを私はたのしみにする。

開け放つ家々に、灯《ひ》がついて、親子むつまじい夕げのさまもうれしいけれど、同じ机に、兄弟が灯を分けあって、勉強している、夏シャツ姿の少年の窓などに、町の晩涼、そしてまた日本の夏のよさをつくづく思うのだった。しかし、これはまだ先の日のことである。先日、私の電車は、郊外の養魚池をひかえた一軒家の前を通っていた。もう池をめぐって、青々と深い春の草である。その草をふみながら、向こうに灯《とも》るわが家に急ぐ人、それはたしかに町のオフィスに勤める娘さんであった。

水静かなる養魚池のわが家、両親たちに、この娘さんは町の春を告げるのか、また、この草青む、わが家の今ごろを、友人たちに告げるのかしらと、私が考えたのは、あまりにも穏やかな暮春の夕暮れだったから。

八十八夜

話の切れ間は、夕ぐれのしずかさに包まれるようだった。打水《うちみず》程よくしめった植込み深い庭には、街《まち》の音も近いけれど、間にはぴったりと、なんのもの音もしないひとときがあった。五、六人の仲間のきものは、あわせとセル、かっときた昼間の暖気に、夏のブラウスだといっていたひとりは、夕方さすがに薄色軽いセーターを羽織った。着ごこちよさそうな薄手のセーターである。洋服着ない私もふとうらやましさを感じた。

まったく寒くも暑くもない。初夏いよいよの夕ぐれどきで、霧島《きりしま》つつじが木斛《もくこく》の多い植込みのすそに咲きはじめていた。きりしまの、あの紫はあまりにも柔らかなぜいたくな花に思えた。

ぜいたくとは、私の感じである。今年の辛夷《こぶし》は、一斉に花開いた、その夜のアラシで、たちまち砕けた。桜はまた、咲きかけてもどった寒さに、あわれに傷ついた。木の芽も霜いたみ、風いたみ、なかなか穏かな日はつづかなかったのに、つつじは、すっかり気候とと のった、こんな日に花開こうとしているのである。ぜいたくといってもよいだろう。

つつじのほうもまた、よき季節にこたえるように、枝の先まで花をそろえているのである。

こんなほんとに一年中に、何日ともない、しずかな、よい日暮れだと思ったときに、八十八夜がきていたのだった。立春から八十八日目、そんなに経《た》った日数かと、私は矢のように早く過ぎた今年の春への悔いが、先立ったけれど、八十八夜という、いかにも語呂《ごろ》親しいひびきは、そんな過去の日は打ち捨てさせてくれるようだ。現に、もうまぶしく輝く、夏新しい日差しである。

「八十八夜に摘《つ》みそこねて、ひらき過ぎた」と惜しがっていたのは、私の老母の茶摘みの話。いささかの、母の茶の木でさえそういうのだから、茶所の忙しさが思いやられる。

向きあふて茶を摘む音をたつるのみ　爽雨

私も国許《くにもと》にいたころは、毎年茶摘みをしたもので、このおもむきがよくわかる気がする。お互いに一心に摘み入るときに、照りつける日の強さ。でもぷつぷつと、お茶の葉はたのしげに摘まれもするのだった。

静岡のO子さんから、新茶が届いたのは、もう何日か前である。忘れずに届けてくれるO子さんの極《ご》く小さい茶かんであるから、私にはいっそうその人の心がこもるようだった。

そんなに早く摘むのですかと聞きたい気持ちもするけれど、そうすることよりも、私はひとりでその新茶を大事にいれる。濃緑の縒《よ》り細かな葉のよさ、香の高さ。

八十八夜にたのしく近づいていた葉と思えばよかったのだ。

私の窓の外には、梅の実がなりつつある。紅梅の実で、そのためか、真っ青な実に、一《ひと》刷《はけ》つく紅色《べにいろ》がとくに目立つ。それこそ刻一刻に太りゆくようで、これもまた、つつじと同じく、このよき季節をわけあうものたちである。

分けあう季節のよさを、私はこの五月に一番よく感じる。そして俳句とはそのよき季節をわけあいよろこびあう歌だと思っている。

夏近し忍《しのぶ》に水をやりしより　虚子

私の夏は、いつも虚子先生のこの句から、はっきりと始まる気がするが、忍もまたぬかりなく、すでに花屋さんの店頭に押し出してあった。

田も耕され、苗代《なわしろ》の水も光って見えたのは、小田急の車窓からだったが、夏はもっと早足に、街《まち》に押し寄せているともいえよう。

春と私

《自句自解》

春寒やすぐ手につきし焚火《たきび》の香

火鉢もよくストーブももとよりよいものだが、思いきり燃え上がる道端や庭先の焚火は、冬のうれしいものの一つである。

その火の温かさは、見知らぬ人に輪をゆずる。

はぜる音もたのしい火に、かざした手についたのは生木の香とも野の香ともいえぬかぐわしいものは、春寒《はるさむ》の日のかなしさであろうか、人なつかしさだったか知れぬ。

地虫出てその一角を行き交へる

私たちが気づくよりも早く陽の光は春を示し、春暖は土にひそむものが、もっとも早く知ったとしか思われぬ。

日差し満つ地に光り動くもの、蟻を見た日のことであるが、たのしげに、もの珍しげな行き来、それは、ほんの庭先の一角であった。

しかしその一角はまた無限の天地《てんち》のようにも思われた。

紅梅の花々影も重ねずに

庭に一本の紅梅がある。寒風の中にふくらむ蕾《つぼみ》の紅《あか》さは、年ごとながらこころときめく。

「紅梅の初花すでに軒を離れ」という私の句は、思いがけなく早い一、二輪の花のことであるし、この「影も重ねずに」とはようやく咲き満ちた花の、花芯《かしん》ゆたかに、くまなく日を浴びているよろしさを写しとりたかった。

子を愛《め》ずる言葉ひたすら水温《ぬる》む

母親は子をかたえにすればそれでよく、子はまた見えるところに母がおればただ安心なのである。わかりきったことなのに、通りすがりのよその窓の、母と子のあまりにむつまじい声や姿が目についたのは、やはり水温む日のこころのゆるみがそうさせたようだ。

すでにして声とどかざる野に遊ぶ

一歩出れば、いつかふわりと暖かい野は、思わず知らず、歩を誘って、遠くに連れてってしまう。さて、先ゆく人に追いつきたく、声をかけたくとも、まったくとどかざるあたりの人の影である。それもまたよく、春の野に、ともに遊ぶ思いは、その遠く人を視野内《しやない》にして愉《たの》しさまさるものがあった。

雨降れば雨も行くべし草萌《くさも》ゆる

友人に逢《あ》う心のはずみは、雨にもまげられぬものがあり、草萌ゆる日の大地に沁《し》みゆく雨のよさは、くじけることを許さぬものがある。「雨も行くべし」と自分をはげます言葉がここでしぜんに出たのは、まだ寒いと思えばたしかに冷たく寒い早春の雨でもあったから。

頬白《ほじろ》来る何かくはへて紅梅に

紅梅の花が咲くと、小鳥がふえるようである。照り合う花々が小鳥たちの姿を明らかにさせるのかも知れない。今日は頬白。忙しいかわいい影とともに来た。私は紅梅にも、餌《えさ》をもとめに来たとのみ思っていたのに彼は、ちゃんともう何かを獲て、ほんとに、それをくわえてやって来ていた。紅梅の枝は、今の彼には、安らぎの食事の場であったのだ。

手渡しに子の手こぼるる雛あられ

子どもは手に握る菓子が好きらしい。皿に貰《もら》うものよりも、わが手にじかに、それも母の手から貰うものにうれしさがいっぱいだ。これほどとあられの分量をわけて渡しても、それよりもっと小さかったわが子の掌であり、こぼれ落ちるあられであった。こぼれたそれさえ美しく、気にならぬのが雛《ひな》あられ。

踏青《とうせい》の傘《かさ》にあまれる煙雨かな

踏青（野に青々と萌《も》え出た草を踏む、春の野あそび）

ひとりゆく野道はたのしい。一途《いちず》のことや、ときにはとりとめもないことなど、つい遠さを忘れるのが野の道である。

まして春先の、ほんとに萌え出る草々、真っ先に青く柔らかいのは、れんげの葉であり、おおばこもおくれじと座をひろげている。

こんな草の萌え出る田園の畦《あぜ》の、踏めばしなる柔らかさが私は好きである。田舎で育ったので子どものころの畦道が一時によみがえり、なんともいえぬなつかしさにつつまれるのだった。

その日はしずかな雨、ほんとに「煙雨」というほかはない。けぶるような雨は、私がいくら傘《かさ》をたしかにかざしていても、まわりから降りかかって肩まで濡《ぬ》らしているのだった。けれどもそれは少しも苦にならず、むしろうれしく、その間にも野の青さが増してゆく思いを「傘にあまれる」という言葉が出たときに私は満足した。

白椿昨日の旅の遙かなる

たしかこれも、春ごとの、郷里の母を訪《たず》ねたあとのもの。あれこれと母に尽くし足りなかったこと、さすがに遠いと思う九州までの山河のこと、心懸《がかり》は多いけれど、今、わが家に見た白椿の花のしずかなふくらみが、終えたばかりの旅をさえ、遙かなものに思わせてくれたのだった。

暖かや言葉もかけず手も借らず

暖かいということのありがたさを忘れていた瞬間ともいえないものか。思わず知らず庭にも出ており、おのおのの仕事にもわれを忘れていたその自由さは、きょうの暖かさのおかげであったのだ。

だれもだまって、だれもたよりもたよられもせぬ春の日差しの中であったのだと、気づいたそのことがもっと私にはうれしかった。

夏

咲きつぐ花

母の家、おもやと納屋《なや》の庇合《ひさしあい》は風がさらさらと通って涼しかった。古い置座《おきざ》（大形の縁台）が据えてあって、手伝いさんが「夏私たちが昼寝をするのに、ここが一番涼しいけれど、その時によく人が来る」といった。

なるほど門口の方からはちょっと見通しである。

朝のふき掃除《そうじ》のあとは、ほとんどだれも来ない二階を降りかけたら、この階段にもさらさら吹き通る風があり、その涼しさが、私に会ってもう別れねばならぬ母のことを思わせた。なにしろ手伝いの娘さんと二人暮らしの八十七歳の老人である。熊本の五月、カッと照りつける陽《ひ》に青葉はぐんぐん空をおおい、墓参の道など草いきれで老人には強すぎる夏が目の前にきているのだった。元気なころにも「この陽の色を見なはり」と恐ろしげに炎天を指さしていた母に、私はこんなよい風の吹き入る場所を教えてやりたかった。

パンジーもいつか盛りを過ぎた。散りはじめた淀川《よどがわ》つつじのもろさに驚いていると、裏のみぞに捨て植えにしてある黄菖蒲《きしょうぶ》が咲いていた。私が、母に見られたくない気持ちで

帰京の準備をした日に、前日までは真っ青だった花壇のグラジオラスが一斉に紅《あか》い色を点じ、芍薬《しゃくやく》も紅白のつぼみをあきらかにした。わずかながら咲きつぐ花に母の老を預けてよい気がしたが、それもなにやら母にすまなく寂しかった。

さてきょう、私が母に暇《いとま》乞《ご》いをして土間を出ようとした時、母の声が私を追っかけた。もう以前のようにすたすたと私を堤の上まで見送りに来られない母である。

「気をつけてなァ」

道中を気をつけて帰れというのか、人世を気をつけ

よといってくれたのか、私はあとのほうの感じとして受けとった。永い月日で得たものを、おもわず分け与える母の言葉だったのであろう。

母の家立ち出《い》ずるより雲の峰

昨夜短冊《たんざく》に書いた句である。きょうはさすがにそれだけの暑い日ではなかったが、母の家と堤を一重、湖には釣り舟、ボートいっぱいのにぎわいのそれを教えてやれぬ母との距離がもうそこにあった。

老いの住まい

俳句の仲間のありがたさは、熊本《くまもと》駅に皆さんが私を待っていてくださるのだった。そして私はその中の四五人とまたいっしょに湖畔の母の家に行く。先年までは駅に出迎えることをたのしみにしていた母が、もうこの一、二年は、手伝いさんを代理に立てる。いつかはまだ春寒い雨の日であった。母は早々と駅に出ていたらしい。ぬれた洋ガサにその手もぬれていた。母をささえようとしてふれたその手の冷たさが私にこたえた。

湖水に沿う堤を下ると母の家、母は土間を控えて、長火ばちの前ではなく、火ばちをうしろにしてこちらへ乗り出すようにすわっていた。お辞儀《じぎ》をすると、母は小さいと思った。それに対して、なんと私のひざは高いことか――このことは、翌日あたり、母が私に言った。「あんたは、また肥えたなァ」

いくつになっても、親にそういわれると、なにかすまないような恥じる気になるのだった。母にあいさつすませてから、いつものとおり私は奥の仏壇の前にすわる。老人と手伝いの娘さん二人きりの暮らしは、どこもあけっぱなし、仏壇も開《あ》けたままの、風吹き通す座敷にすわって、父の位ハイに手を合わす――実は、私はひとり子だったことを、こんなときに思い返すが、だれも知らないひとときである。一両日たって母がいった。「おまいりしたのかい」。そうたずねられて、私は安んじて返事ができた次第である。

朝の目覚《めざ》めに、私は軽く、そしてゆるやかな、畳を擦《す》るような足音に気がついた。これこそ今年の齢の、母の歩みであった。「足さばきが悪うなった」と母は私に告げていたが、私が知った足音のさびしさ、その足の運びの衰えを、母にそれというわけにはゆかぬ。

つつじ咲く母の暮しに加はりし

これは先年の私の句で、このころまでは私は母の家に来ていることに、ちっとも懸念を感じなかったが、昨年あたりから不安がきざした。

私のために、母たちは夜ふかしをしてしまい、外に出て、おそい日の私を、母は寝ずに待っている。仮寝の夜着をかけてもらっていた母は、恥ずかしそうに目を覚《さ》ましていうのだった。

「なんの。ほんとうは寝ておらん、ねむかこつはなかもん」と力説するけれど、もろくも睡《ねむ》ってしまう老人の、睡ればさらに明らかな齢のほどを、私は見ているのだった。

昨日も一昨日も、他愛《たあい》ないほどの昼寝の手まくらに心得てすぐ、布団《ふとん》敷いてやっている手伝いさんに、私は感謝したいのだったが、私の滞在が、母を弱らせるのではないかという、思いつきに私自身がたじろいだ。もちろんこれも母に言えることではない。

老人の朝は早い。若い手伝いさんももちろんいっしょである。昔どおりのふき掃除《そうじ》、ぎゆっとしぼってふくぞうきんに、柱も板の間も縁側もつやを増す。そして朝待ちかねた鶏たちが、鶏舎から放たれて四方に散れば、母の一日が始まる。榎《えのき》も樟《くす》も楓《かえで》も、手のほどこしようがなく、若葉をひろげる日である。「八十六になった」と自分の齢をいうときは誇らしげでもある。しかし私は母の記憶力のよさにおどろく。買物の計算に、そろばんはじく指はちっとも衰えていない。鶏は昔からかわいくてならず飼っている。「トウトウトウ」とえさ箱かかえて呼んでいる声の若さに私はほっとした。

ふるさとはよい。にぎやかな友人たちと向かいあう座の、どちらに話題が飛ぼうが、なんの悔もなく、時間の気がかりもないのが故郷であって、それに母は私たちのために、台所の板の間で、あれこれの指図《さしず》をしてくれている。その母の声が聞こえ、手伝いさんたちの笑い声が聞こえているのは、私には安心な思いであり、それはまた翼ひろげて飛びさる一刻ずつである。

そんなところへ、つかつかと加わりに来るのは従兄であった。

「Yが来たばい」とまず母がきかせにくる。

「さと、さととお言いますばってん六十何年前のこつですばい」と私がいうと、母は少々はにかむが、その実家の当主であるオイが来ると母はうれしげである。従兄をまじえると、私たちの話は、やはり母の齢にふれる。そして母が近寄れば、だれもが話をそらすのであった。

従兄の髪もぐんと白髪がふえていた。自転車を片手に押して「叔母《おば》さんまたゆっくり来ます」といって帰る従兄を門に送りながら私は、この従兄にも老母をあらためて頼んだ気がしているのだった。

豪雨の町

雷鳴は二度ばかりしか聞こえなかったのに、通りの向こうの店も隠すほどの土砂《どしゃ》降りで、その雨の中に薄れたような稲光《いなびかり》がかえって不気味であった。

私はかねて、故郷熊本の梅雨を豪快なものに思い出していたが、今、私たちを降りつつむ五月の雨は、抜き差しならぬ大粒の、鞭《むち》のようなはげしいものだった。さばききれない下水の雨水が逆に舗道に噴《ふ》き上げるので、自動車もまるで川をわたる格好である。

「K子さんの家この町でしたね」と私は三十何年前の、女学校の同級生の、丸顔のにこやかさを思い出して、連れにたずねた。

「そこですよ、ちゃんとすわっておいでます」

と、目の前がその店だという近さも、故里《ふるさと》の町である。車は行き過ぎてあともどりせねばならない。

大きな店構えの油屋さん。軽油も扱う間仕切《まじきり》が見ゆる。近年化粧品も少し取り扱うという。店のまんなかに、大きな机がK子さんの座、電話引き寄せた、どっしりと黒い机は、いかにもこの人がすわりなれ、使いなれた艶《つや》を持っていた。

艶といえば、髪油を量《はか》る枡《ます》の艶はどうだろう。しっとりと油にしみた五勺枡や一つまみの一勺枡だ。

「リットルでは安心せぬお客さんがありますもん」

髪油だもの、私もやはり、この飴《あめ》色の玉《ぎょく》のようになった枡で買いたい。

たってと案内された小座敷は目覚《めざ》めるような青一色の中庭に面していた。激しい雨も、ここでは植込みの歯朶《しだ》や八つ手の若葉を光らせ、苔《こけ》の青さを増すものだった。

「主人は外に忙がしかもんですけん、私は内輪に内輪にやってます」といいながら、K子さんが守りつづけた店らしい。五年前まで雇いつづけた手がけのろうそく職人も、ついに洋ローソクの値に押されて、やめてもらったという。秋の筑紫《つくし》路を彩《いろど》るはぜ紅葉《もみじ》、あのはぜの実から作るろうの話である。生漉《きず》きの和紙をとうしんで巻き、手すり四回繰り返して、ふだん使い一本ができていたという。

「絵ろうは注文あれば描きますたい」

「だれが描くのです」

K子さんは赤らんでためらっていた。

「私が描きますたい、みようみまねで好きな絵をつけますもん」

白地の木ろうに、湯せんの色づけろうで描くという。「ここへ嫁に来てから」とこの人は何気なくいったけれど、その年月子も育て、波風ない日がつづいたとは思えない。現にきょうのような目もくらむような豪雨も来る町である。先年は大洪水にも見舞われたという。お盆月、絵ろうの注文があって、さて、土蔵から白い太い昔のろうそくを出してきて、絵筆をとるときが、この人のひどく楽しいひとときではないかと、私はひとりで決めて、昔の友をなつかしく見守った。

朝起き

夜汽車の窓が白《しら》んできて、朝靄《もや》の中に、ようやく目覚《めざ》めた家々が見えるのはいつでもうれしいものに思う。今、起きたばかり、まだ睡気《ねむけ》去りやらぬ女の人が、裏戸に、ぼうっと立っているのも同感できる朝の時間であるが、やがて日も当たっても起き出ぬ家々の、雨戸をしめカーテン閉ざしたままなのは、盲《めし》いのようで、家そのものが、ひどく気まり悪げであった。私は朝寝をしまいと考えてきた。

いつか私の小学校時代の仲間、それは篤農家のTさんだが、「豆は夜明けに生《は》えます」

と教えてくれた。そのときにも私はしんから早起きして、豆の芽生えを見たいと思ったものである。しかしなかなか朝起きは実行されぬ。

昨日の夕方の雨ははげしかった。私はちょうど近くの電車の駅に着いてあの雨に逢《あ》ったが、出るも引くもならない雨脚《あまあし》であった。いっぱいの傘《かさ》持たぬ人たちが、だれも押しだまっている。ながめて雨脚の強さをたしかめているだけである。こんなとき、人間はほんとにおとなしくなることを知った。やっとの思いで家にもどったら、廊下がざあざあ漏《も》りだったという。それを聞きながせるのも、立ちつくした雨だからだ。今

朝、欄間のあまりの明るさに私はとび起きたが、昨日の雨は空を拭《ぬぐ》い上げ、庭の木の色をまるで鮮《あたら》しい緑に染め上げていた。一株だけの白あやめが、そろって花をさし上げているし、これも一本だけのバラに小さなつぼみが出来ているとは知っていたが、今朝はほんとうに満開のさまである。それに、かねて無愛想《ぶあいそ》きわまる枝だとながめているお隣のアカシ

ヤが、若葉の上にふっさりと白藤《ふじ》そっくりの花をさげて立っていた。誇らしげな花のかざしようである。

豪雨よろこんだ樹々であり、花々であり、それも早暁ならではの、ものみなのやさしいほんとの姿であった。夜明け早く、きょうをもう十分に享受していたものたちだと、あらためて思ったのは、私たちに、やっと朝掃《そう》除《じ》片づいたころの日差しに、花重くうつむいているバラを見つけたからだった。

花束

朝の呼び鈴は、バラを持ってきてくださったM子さん。「今切りました」と、クリーム色もピンク色も朝露重たい花である。手作りの、ほんとに短く切ったバラは、それゆえと思うほどよい色をしていた。

水たっぷりに挿《さ》したバラは見る間にふくらみほどけ、立居《たちい》の風にも心配でなにか目をそらしたくなるのだった。

あちこちのバラ園がいよいよ盛りらしい。先年皆でバラ園に俳句を作りに行ったけれど、どの花の前にも立ち止まりかがみ込んで、ちっとも句はできなかった。あれもこれもと移り気に疲れて、バラのまん中の亭にかたまって、撮《と》った写真が残っている。だれかれのやはり満足した顔であり、暑がっている顔でもある。バラ園には特有の日光があるように思われた。

そこの近所には、バラを植えてある家が多いのも、私には楽しかった。隣近所のよさというのは、こんなものではないかしら。

「垣根《かきね》越し百合《ゆり》苗渡すシャベルごと」といつかだれかの句にあったが、そのほかにも花同士の行き交《か》いがある気がする。いくつかは隣に飛ぶ花種や、花たちの黙契みたいなものが、あるじたちにも反映して、いつか相似た花々がふえてゆくのではあるまいか。

M子さんからもらったようなフ短いバラを、昨夜私は、羽田空港で見た。アメリカへ発つS子さんを見送る友人が持ってきた、それこそ庭からとってきたばかりの、小さな花束は、心のこもる贈りものに思えた。

大きな旅客機のタラップに向かう人たちに、私どもは手をふった。S子さんもにこにこと手を上げ応《こた》えて機内にかくれた。旅客の中に赤ん坊連れがあったのは、見送るものの心持ちをほぐした。それまで心配気だったS子さんの母上も、ほっとされたのを感じた。

暮れゆく夏の空港は美しい。はや灯《とも》った標識灯の紫に、芝生はまるで青いガラスを敷きつめたようだった。

晩涼の轟《ごう》音のまたよき離陸　　汀女

巣作り

朝早い農家に競うように、私の母の朝も早い。畳をそっとさするさわやかな足音、それが老人の目ざめである。まったく軽いとしかいえない足音が、私に母の齢をよく教えてくれる。

雀《すずめ》、鶺鴒《せきれい》、百舌《もず》などのかたまり囀《さえず》る中に、声をひっぱる翡翠《かわせみ》の声もまじる。土間の天《てん》井《じょう》にぴったりつけて、今年も泥の乾《かわ》いた燕《つばめ》の巣ができていた。一、二本長くたれた枯草もいつもと同じである。

「私が大戸を開《あ》けると、いっぺんに飛び出すもん、おそくなると、チュウチュウとやかましゅうて」

と、手伝いのすず子さんが私の方へ笑顔を向けた。

「天気がよかと、また早《は》よう鳴きますけん」

起きずにはおれないというのであった。

越冬する燕だと騒がれた熊本《くまもと》の江津《えづ》湖のそばに母の家がある。前から燕は冬もいて、よく釣り舟にきてとまったというのだが、昨冬はぐっとふえて、真冬には、「台湾なぎに寝とまりした」という話はあわれであった。台湾なぎはほてい草のこと。この水草も湖の淀《よど》みに冬を越し、夏の日に茎のべて咲く紫薄いその花は、私にはなつかしい花の一つである。ほてい草の上ならは、水の面すれすれにとまる鳥たちだ。ふわりと上がる夜の水もやは、あたたかいにちがいない。

しかし燕たちは、冬を越すとぱったりいなくなり、いま土堤をかすめ水をかすめて飛び交《か》うのは、湖畔の家々にもとから予約済みの燕だというのだった。

朝は冷えてもすでに夏、雨催《もよ》う夜は火虫がうんと来る。火虫の多さが燕たちを湖畔にひきとめたのであろう。私はいなくなった燕たちが、家つき？　の燕に追われたと思いたくない。彼らはやはり一度は遠く飛ばねば巣づくりならぬ掟《おきて》を守って、誘いあわせて発《た》っていったのだろう。ぱったりといなくなった、とばかりで、いつごろどう発ったのか、ここの人たちはだれも知らないのである。

筍《たけのこ》好き

桜はひとたまりもなく散ってしまうようだけれど、そのあと幾日かは、どこからか花片がこぼれてくるものである。

追い迫って伸びる若葉が、わずかとどめていた花びらのようでもあるし、また思いがけない杉《すぎ》などの木立ちからも、落花はくぐり出る。そして散る花は、けっして柔らかい花片ではない。私が誘われて手をのべたら、かすかに音がする、まだ鮮《あたら》しくみずみずしい一片ずつであった。

桜が散って、なにか安心したといった友達はだれだったか。花見のざわめきに、ひき込まれまいとして、それでいて気になるのが私たち。散り終わって、ほっとした思いになるというのはほんとうだ。

一刻ずつに、桜も梅も葉先そろえて、いささかの風にも、よろこばしげである。私の軒先に、枝交《かわ》しあう梅の木にも、豆粒ほどの梅の実が、ちゃんと形となっていた。「おまえさんもか」と、私はつい声を出してしまったけれど、梅の実どころか、紫陽花《あじさい》は、真っ青な葉を、きょうはふりほどいているのだった。

八百屋の店先には、どっと筍が出てきた。掘ったばかりの、土新しい筍たちは、ちょっと頭をもたげたころを、知らぬまに掘り出されて、まだ目が覚《さ》めぬ格好だ。

ざっくりと切りとられた根の白さに、急によみがえる食欲は、きょうの季節のよろこびであり、違い日の、家郷につづく味覚でもあった。

筍は、なんと気持ちよく包丁に切れるものだろう。大きくも、小さくも、思うままに刻めるその刃当たりに、私は筍好きの母を考える。穏やかだけではなかった母の歳月である。

厨《くりや》に立って、物を刻むというひまは、なにか独《ひと》りきりの、ものを思わせる時間でもある。ゆでた筍の包丁の軽さ。さてその上の味のつけよう、味加減をみながら、しきりに思い出しているのは母の味つけである。私も筍好きのひとりだ。

夕日の坂

近ごろの夕方はよい。若葉越しに、傾いた日が片ほおにちらちらして、ちょうど主婦たちが買い物かごを持って家を出るときである。その人たちももう軽装だ。

夕日のさす坂の上に笑顔の若い主婦が現われたら、ほんとにちょろりとした格好で四つばかりの女の子が出て来て、その人の手にまつわった。まっ黒の猫《ねこ》を胸に抱き込みながら。つづいてもっと幼い女の子がまたそこへ並んで立った。その子たちに何かいい聞かせてから、とんとんと坂を下って行く母親に向かって、予どもたちは声をかけた。

「いろがみ買って来てねえ」

「私にはおりがみをねえ」

「忘れないでよ、おりがみよ……」

これはもう、ほんとはどうでもよい頼みごとかしれぬ。何度も振り向いて、にっこりしてくれる母親があれば、いつまでも声をかけたい子どもたちである。リボンと鈴つけてぴたり抱かれている黒猫のまたおとなしさ。代わりばんこのかわいい声の子たちより、猫のほうがませた顔をしていたので、私はつい笑ってしまった。

まだこれからの食事の仕度《したく》はあるけれど、とにかく一日の終わりである。市場までの外出だが、家を出ては足軽げの主婦たちに、つづく垣根《かきね》にはバラものぞかれ、マーガレットも白い。なんの憂いもなく母を見送る子と、送られていた母親の笑い顔のよさを思うにつけ、まだつかまらぬ先日来の誘かい魔のことを思うとじっとしていられぬ気がするのだった。あのとき、それこそすべてのものが雅樹《まさき》ちゃんを捜し出したいと思った。力になりたいと思った。一日ずつの長かったこ

と。その心持ちながら私たちはいったいなにをすればよかったのか、さらわれて来た家で、ひとりでテレビを見ていたという、そのときまでは、ちゃんと生きていた幼い人を考えるときに、私はまた叫び出し飛び出してゆきたい思いがするのだった。夕刊を急いで見るのも、ラジオのニュースを聞くのも、その気がかりが先に立つ。

深田

ちょっと半日の外出にも、忘れものをしてあともどりするし、思いついては、頼み置く用事の多さに、自分でもあきれるようであるけれど、そんな騒ぎをして、乗り込む汽車の旅は、家事のすべてと切り離されることで、ほっとして、いつも、汽車が動くより早く、弁当を開きかけ、あたりに恥ずかしくなるのだった。

東海道線は、山の遠さにも、農家の美しい生垣《いけがき》にも、ところどころに、見覚えがあるので、気が楽である。近江《おうみ》路近くなったら、さすがのひでり田つづきにも、水が満ち満ちて、苗代《なわしろ》も青々と伸びていた。しかし山裾《すそ》の夕暮れに、深田を掻《か》いている牛は気の毒であった。竹籠《かご》の口輪をはめて、牛は前脚をほんと一歩ずつ泥田《どろた》から引き抜いて進むのだった。

こんなにも働き疲れた牛に与えるもの、飼い葉はなに？　と考えてから、なるほど別に、あるじのやさしい言葉があったのだと、このあたりまえのことに気づいたときはうれしかった。

心にもないことをいう怖《おそ》れより、いたわる言葉を惜んでいる私たちであるから。

二、三日の旅行から帰ると、猫《ねこ》の子がまた大きくなっていた。私の猫好きは、中くらいのところらしく、女医のK先生には遠く及ばない。話をききわけて、K先生の行かれる先々の部屋に行っているという猫のことなど、わが家のあつかいを思い比べて、気がひける思いだった。アクロマイシン目薬をつけて、眼病よくもなおった子猫たちが、夜も自由に、青葉かぶさる柿《かき》の木に駆けのぼる、尻尾《しっぽ》の長さが気に入るのも、わが家に帰った満足感ならば、流し元に、破竹の筍《たけのこ》四五本と、青いちりめん南瓜《かぼちゃ》ならぬ、かわいい金南瓜が買ってきてあるのにも、そう思わずにはおれなかった。

木陰《こかげ》の道

「二十年もたつと、五葉の松も大きくなりました。植木屋が、移せば枯れるというのですから、持って行けません」

引っ越しに涙こぼしそうになるFさんの奥さんをなぐさめるすべがない。

「今度の家は明るい台所ですから」とそれを唯一の希望のようにいうその人に、私もたのみをかけたけれども、その後の消息が聞けず、なにか気にかかる。

私も夫の転任に従って、だいぶんあちこちと引っ越しの荷を作った。家の内におさめてある間は、どうやら見られる家具類も、いったん動かすと、まるで古道具屋然となる。箪笥《たんす》の裏側のみすぼらしさよ。それらがまたたいせつに、箱詰め、枠《わく》詰めとなるわびしさ。捨てもできない暮らしのものは、かなしくかさばるのだった。

通りで、とくに、高々と積み上げて来かかるのは、引っ越し荷のトラックである。あとからあとから積み加えたものの、茶色のズック布団《ふとん》袋から、たらい、張り板、干しざおまで乗っかり走る車に出あうと、身につまされるのだった。

新宿から混雑する小田急電車も、経堂《きょうどう》を過ぎると、どうやら青い木立ちも畑も見渡せて車窓吹き抜ける風も涼しくちがってくる。

栗《くり》の花の咲く日である。葉先に乗って、一筋ずつたれ咲く栗は、目だたないが、実にむらがる花である。瑠璃《るり》色の揚羽蝶《あげはちょう》が、その青白い花を伝わってとび去った。そこへちょうど来かかっていたのは、一家で曳《ひ》く引っ越し車。父親がひき、子ども二人があと押しする重たげな荷車である。

どうやら爪先《つまさき》上がりの道らしく、髪をうつむけて、半袖《そで》ブラウスの女の子たちの腕が、力いっぱい父親の車を押し上げているのだった。藪《やぶ》沿いのその木陰道でよかったと思った。しかし、すぐまた照りつける道に出るのだと、私はそのことを、夜眠るまでときどき思い出していた。

わが子の句

どこに行くにも、まず頼る電車であるが、考えてみると電車に乗っている間はまとまった暇でもあり、そして安全なときである。この半年ばかりに、近所の通りも自動車がふえた。夕方の買い物の時間など、ことに車がつづいて、歩くことは自動車を恐れることといってよい。いつも身を斜めに、後ろを気づかい、前方をよけねばならない。

その点、電車は安らかに運んでくれる。それはラッシュ時を知らないからだと言われるかもしれないが、私は電車が好きである。

もう私も、ゆずられる席を遠慮なくうけてよい年のようだ。席をもらったありがたさよりは、ゆずってくれた人の、そのときの柔らいだおももちが私にはうれしい。

いつかの地下鉄、元気のよい話を交《かわ》していた派手なシャツの四五人連れ。その中の一人が私に気づいて席をくれた。満員電車のなかで、若人たちの妙にふてぶてしい話を聞くのはさびしく、席をもらったことさえ落ち着かない気持ちだったが、次の駅で連れが下車して、ひとりきりになった隣の青年のおとなしさ、まだ少年のおもかげ残すその横顔を、私はこれがほんとうの姿だとながめてきたものだった。

車中で、わが子をしかる母親を見かけるのはこれもさびしい。こんなところでしかられると、子どもはよけいに母にしがみつくものだが、それをも邪険に扱うのは見ておれない。だれも同じ心持ちらしく、こうしたときの車内の人たちは、妙にしんとなっている。

それと反対に、わが子をなめるようにかわいがる母親もいる。若い母親に多い。だれしも子どもを大事に思わぬものはないけれど、われを忘れた溺愛《できあい》のさまは、気の毒であり、辛《つら》い気がするのは、両方ともに、私たちの心にひそむものを、見せつけられるからであろうか。

青桐《あおぎり》の窓静かなり子の午睡《ひるね》　　塚原もと子
花茄子《なすび》遊び呆《ほお》けし子等《ら》ばかり　　村上淑子
緑蔭《りょくいん》や教師動かで児等出入り　　浅見英子

さみだれの傘《かさ》さし児らは釣堀に　　池田節子

いつの句会でも、母親たちはわが子の句を作る。それぞれの眼、それぞれのいつくしみにけっして同じ句はできないのであるし、濃くも淡くも俳句に現われる愛情は、しずかにお互いの胸に伝わるのであった。

いよいよ梅雨がはじまった。ぬれた傘《かさ》のしずくが電車の中までぬらしている。「相ふれしさみだれ傘の重かりし」この私の句は、たしかに蛇《じゃ》の目傘の時代であった。近ごろはサラン、ビニールと、軽いものになってきたが、これもびしょぬれ。電車の中の足もとにしずくを落とす梅雨の傘は処置ないものである。

明日の花

顔寄せて八重くちなしの香を借りし　汀女

その人の一枝持ったくちなしは、いま折って来たらしい新しさで、だれかれが匂《にお》いをかいでいた。私もその人の、手のままの花に顔を寄せて、匂いをわけてもらったのだった。自分の庭にないせいか、私はくちなしを挿《さ》してある家を訪《たず》ねると妙に切ない。しおれやすいこの花は、わが庭から切りとって、そのまま挿すのでなくては、このいい匂いを失うのではないかと思う。

T家の鏡台のくちなしもしおれていた。まったくすべてを捨て去ったようなしおれかたをする。採《と》ってはいけない花かとも、気にかかって、縁側に出たら、くちなしの木は手近

にあり、ここにもしおれる昨日の花に、つづく明日のつぼみの数々は、明日の花も摘みたく誘うものがある。そして網戸に吹き入る風も甘い香を、こんなにも強く運んで来ていたのだった。

　七月も今ごろになると、木々は、冷酷なまでに伸びきり茂り合うようだ。舗道の、小さな割れ目に生《は》えた雑草も、葉を広げ切ってたくましい。今年はそれに鉄道草のはびこりよう。軒下までも、この草だと、そんな句も見受けたが、ほんとうに空地《あきち》という空地は、肩もかくれるほどの、さびしくそっけない白い花の波立ちである。夏と秋のけじめなく、いろいろいうのは、私たちの小さな感傷で、草木は、この毎日を、ただ押し通る勢いである。

　きょうは私の庭で、だしぬけにきき馴《な》れない鳥がなきはじめた。派手な羽色にちょっとおどろいたが、まさしく鵙《もず》の若ものであり、例のキチキチの高音であった。まったく自分の声の大きさにまだ気がつかないで、こんな軒近くに鳴き立てたものらしい。

今年の鵙の初音《はつね》である。これからの鵙の日の長さに、私もたのしみをかけてよい気がした。

八重《やえ》くちなし

重くるしい梅雨どきを、忘れず待っていたらしく、くちなしの花が咲く。私は嗅覚《きゅう》が弱いのに、くちなしだけに鋭敏である。それと知る前にまず胸が静まり気分一新するのだった。花を嗅《か》ぐとさっきの香《かおり》は妙に遠ざかり、ちょっと異なった香がするのだった。やはり風の運ぶ香がよくて、風のこころとまじりあって、私の好きな匂《にお》いとなるらしいのを知った。

T家のネコの失そうはちょっとした事件であった。例の鼻先焦げ色のシャムネコとあっては、ネコ泥棒のしわざとして私はTさんをなぐさめた。「ただのネコなら放《ほ》っとかれるけれど、シャムだからどっかで大事に飼われているんですよ」しかしTさんはまだ不服そうな表情であった。ところが、そのスマートなネコ君は、三日目の夜、ちゃんと玄関先へもどって来て、開《あ》けてくれというなき声を出したという。

「やつれもせず、汚れもせず」とはT家のいい分だが、どこにどうしていたかはそれこそネコでなくてはわからない。

私は、ネコ好きといわれるけれど家の中にネコがいてもうるさくない程度。ときに「コマ、どうしたの」とか「チューちゃんなにしてるの」とかネコたちに声をかけるときに、にぎやかな気になるだけであるが、ある家で、せっかく捨てに行ったネコが、当人よりも先に家に帰っていたなどの話を聞くのはうれしくて、そんなときにもっとも自分がネコの味方になっている気がするのだった。

きょうはTさんの家にもくちなしの香が流れていた。庭の八重くちなしが、きょうの晴れにいっせいに蕾《つぼみ》をひらいたという。この花もほんとは降りつづく日よりは、晴れが好きであったのだろう。ネコも犬もわが家の匂いをたよりにしていると聞くけれど、こんなにもくちなしが匂う夜であったら、T家の迷いネコは捜しもどって来るのに、とまどいしたかしれぬ。

傘《かさ》のシズク

「追ひかけし子の梅雨傘を持ちもどる」句作はじめてまだ二カ月目という婦人の句。技巧のないままを、私はたのしみ見た。

追っかける母を知り、駆け足にもなって傘嫌《きら》う子どもについてゆけぬ母親だ。雨はどうやら小降りになるようだ。ここではもう、いうことききかぬわが子への嘆きよりも雨傘持ちたがらぬ世代へのあきらめのごときものが思われてならない。

昨夜の豪雨はそれこそどこもかしこも濡《ぬ》らしてしまった。おかしないい方だが、雨仕度《じたく》して家を出て、からりと乾《かわ》いている駅に出ると妙にさびしい。濡れた傘の置きどころ、その始末みたいなものを感じるのであった。降り閉《と》ざす雨のよさ、それにはやはり、熊本《くまもと》の梅雨の豪快さが私につきまとうようで、湖をひかえ、出水を目の前に見る家にいながら、雨夜を両親とともにあるという安堵《あんど》、激しい雨音のひまに父母の声のきこえていた日のなつかしさが私からはなれぬからであろう。雨にあわれなのは都会の駅工事。私の近所の駅も、柵《さく》引き抜いての改修で、掘り出され、かい出された新しい土が、大雨にたたかれているのはむざんだ。その泥よけ、ぶっこわれた舗装の水だまりをよけあって、だれもが駅に行き、駅を去る。駅の階段がこれほどびしょぬれなのは梅雨のせい。

駅に待つ間もぬれた傘の雫《しずく》のわびしさ。洋傘はぼたぼたと不細工な雫が落ちて始末が悪い。和傘だとさっさと雫を切ったら、身ぎれいに軽々となる感じであるのに、などといいながら、私にもやはり洋傘が便利。

昨年見て来た中国では、まだどこもカラ傘ばかりのようだった。雨の少ない国でもあろうけれど、工人服に傘もった静かな人々の北京《ペキン》であり、広東《カントン》であった。例の北京原人発掘現場、周口店に行ったのは雨の日。山上の洞窟《どうくつ》を見てからゆきくれていた私と小山いと子さんに通りかかったのは「発掘講習員」という腕章をつけた少年であった。秋草濡れて足もとすべる赤土の山道を、彼はやさしく、ただにこにことして私たちに手をかして導きくれたが、さよならいう間に立ち去るこの少年も傘を持っていた。この日の一行にも、通訳さんたちが奔走して傘をととのえたようだったが、この国の傘には柄のところに糸をつけた丸い輪が用意してあり、つぼめた際はそれをはめておく。重宝だった。

激雷

野道や山で、昨夜のように、真っすぐに立ちふさがるひどい稲光《いなびかり》にあったら、私は走り出すどころか、立ちすくむであろうが、昨夜は私はさいわいに渋谷《しぶや》駅で雷雨に出あった。私の乗った電車が発車間際《まぎわ》に不通となったのである。たしかに、あっという間に、花束でも投げつけたように、正面に明るく大きくつっ立った火柱であった。

最初は怖《こわ》さもひどさもはっきりしなくて、瞬間、いきいきした街空《まちぞら》は、私には初めて見ているものであった。かねてから昼間から暗く、夜はまたうつうつと、ネオンばかり息づかせている渋谷の夜空が、いまの一瞬に、ほんとの空をのぞかせた気がした。

しかしそのあとはだめである。怖くて稲光など見られない。つづいてがんと雷が迫る。電車の不通はたしかなのに、それでもプラットホームには人波がふえてゆき、満員の車内は、照らし出す稲光のたびに、わっと若い女性たちが悲鳴を上げるのだった。かねてなら気になるその声が、きょうはかえって恐怖感をやわらげるのだった。

多勢の中にいる安心というのか、頼みというのか、篠《しの》つく雨も気にならなかった。

私たちの電車のすぐそばには、白い映画劇場がそびえていた。雷雨に洗われるその建物を美しいものにながめられたのも、多勢の人とともに、お互いを楯《たて》としていたような場所だったからに相違ない。

私は隣席の青年といつか口をききはじめていた。矢つぎばやの稲光に、笑顔を見せ合ったのがきっかけで「ずいぶんひどいですね」とお互いのこれだけの言葉が、ふしぎなほど気持ちを落ち着かせたのだった。二人ともたしかに、怖さをかくした笑顔ではなかった。

「稲妻にすがりつく子に作り笑《え》み」と作ったのはある友人。わが家の中にいて、これほどの激雷にあうのでは、私は「作り笑み」もできなかったろう。すがる子に作り笑いを見せようとする母のほうが、雷はいっそう怖いのである。

石けり

どっと落ちてきたような暑気に、取り出したゆかたはありがたかった。洗いざらしでも、糊《のり》のある肌《はだ》ざわり、それに今ごろの、真夏とちがう、べとつかず、暑すぎないゆかたの軽さを「よくぞ女に生まれける」といったら家のものが笑った。

私たちの町、あんなひょろひょろの苗木植えて、と思っていたのに、その後の四、五年、柳は大きく枝たれてきた。旅先の、知らぬ町筋でも見渡すような、ちょっとうっとりした気になるのも、ゆかたがけのこころに、青い柳の影がさすからだろう。

この線路沿いの片側町の、狭い通りを、よく自動車が通る。ひらりと身をかわす格好に乗りすぎるのは、若人の自転車。買い物籠《かご》の女の人は、これとは別に、キャベツのたま一つを横抱きに持つ。乳《う》母《ば》車押すのは若い母親、この人も顔まっすぐに、灯影明るい町の夕風をたのしむさまに見ゆるけれど、車押す手の前かがみ、そしてキッキときしむ車に、わが子の重みをたしかめている人だ。白いハンドバッグが目だつのは、勤め帰りの若い娘。この人たちは、もう先からの腕もあらわなる夏姿、夏はまず、女性のものといいたくなる。

ひっきりなしの人通りの中で、女の子が二人、しきりに石けりをやっていた。短い赤と茶のスカートに、黄色いほうの子が少し小さい。

人影を縫い、車をかわして、この子たちは一心に自分の番をつづけるのだった。番が変われば、ひとりの子は、ひらりと店の軒先にくっつく。車体押し通る自動車も、ちっともじゃまにならない。しぜんの動きである。

石けりの輪のよろしさ。子どもの手が、地をなすり、また画《か》き足すとき、その地面がひどく清らなものに思えるのだった。宵の町筋、車も人もみな行き過ぎ、歩み去るものばかりである。女の子はいつか三人になっていた。

私はあとで、石けりの店先を通った。赤青のチョークの輪、それは形をそのまま保っていても、擦《す》れ薄れた輪の重なりで、タイヤを行かせ、靴に踏まれ、ほんとにわずかに子どもたちにわからせるだろう、輪のつながりであった。

青い樹々《きぎ》

狭いところに、いつか庭木の丈《たけ》が伸び、その上にお隣のアカシヤや青桐《あおぎり》がおおいかぶさると、私の窓も夏である。二隅がむうっと暑く日が照りつけるので、私はどうしても青い樹々の梢《こずえ》を見たく、そこに風を捜す気持ちになるのだった。樹々はおだやかに日々をたのしんでいる。風もまたうれしげである。茂った枝をほどよく揺り交《か》わし、そこへ飛び乗る小鳥でもあれば、枝はまた先の先まではずむのであった。私はそんな不意にうれしげにはずむ青葉の深みに、雀《すずめ》のあの焦げ茶色の頭を見つけるのが、近ごろの楽しみである。

空の照り曇りを、樹々はまるで、人の表情よりも繊細に受けとる。曇れば青葉もさっと暗く、照ればなによりも晴れやかである。私はその変わりように、ちらっとお互いの顔色感じあう母子を思い合わせていた。

昨夕のタクシーの運転手さん、年配の人なのはやはりほっとする。あぶない車の間を巧みにハンドル切ってくれても、はらはらする気持ちがちがうのである。

私は田舎《いなか》に育ったので、いつになっても東京を珍しいところにながめ、東京の夏の薄暮を美しいと思う。ネオンがつくころ、そして夜の町に新しい灯《ひ》が入るのを、はじめて東京を見る気でながめるのだった。昨夕もよい夕方で、車に吹き入る風は涼しかった。そこへがっと車が引き据《す》えられた。見ると車の前すれすれのところを、おかっぱの髪を風にあおらせた小さな女の子が、これはまた路地から走り出たまま、その走る勢いで、車の前を横にそれて行ったのだった。

「注意はしていますけれどね。覚悟はしていますがね――」

ぽつんという運転手さんの独《ひと》り言めく言葉には、私は適当な返事ができずに、妻子のことを考えている人だと思わずにおれなかった。

それにしてもあの女の子は、今の迫った危険を知らなかったろうし、その子の母親はまたなにも知らず、戻って来たわが子を迎え入れているだろう。あぶなかったことさえ母親によう告げ得ぬ小ささなのであった。

金魚

夜店の金魚掬《すく》いの灯が、あまりに明るくて、気恥ずかしいという句を、だれか作っておられたが、たしかに、かっと照らし出された水槽《そう》に、ひらひらと泳いでいる、小さな金魚を掬うのは、勇気がいる――と思うのはおとなのことで、子どもたちの、あの楽しく緊張した様子はどうだろうか。しかし例の、針金に紙を張った手網（?）はかなしい。よろこび勇んだ子どもたちの手が、金魚追っかけて、これはと心はずむのに、紙はあわれに破れているのである。あの遊びは、夏の夜の、町の子に、この上ない楽しみであるのに、我を忘れた瞬間に、ぐったり濡《ぬ》れて破れる網は気の毒でならぬ。

毎年、何百万と育てられる金魚は、消耗品だと、いつかその道の人がいっておられた。でも生きものはかなしい。はかなく死ぬ金魚を消耗品とだけでは片づけられぬのである。

　柔らかに金魚は網にさからひぬ
　金魚屋にわがさみだれの傘雫《かさしずく》
　金魚玉に映る小さき町を愛す

こんなある時の、自分の句を思い浮かべてみて、まったくどれも小金魚、一番安い金魚しか出ていないのに苦笑した。

りゅうりゅうと尾を雲のごとくひろげて泳ぐ、大きい金魚の美しさはたとえられない。先年北京《ペキン》公園で見た金魚のすばらしさ。大鉢《はち》の、青いどろりとした水の、むしろ怪偉《かいい》とも見える金魚たちは、もう私には別種のもので、やはりそこらの水槽に、むらがり泳ぐ安金魚が、私の性に合うようだ。

このあいだ、オフィスのタイプ室に、三年も金魚を飼っているという、M子さんの職場に行った。M子さんの金魚の話は実にたのしげで、ビルの水栓《せん》の水は、一日汲《く》み置きせねば、金魚に注げぬという。忙しいタイプのあい間に、どんなに鮮《あざや》かに泳いで見せる金魚かと、長い廊下を連れていってもらったところ、そのご自慢のものは、たった一匹だけの、五、六センチの黒の出目金。その小ささがなんともいえず私にはうれしかった。

つりしのぶ

夏の風物という録音に、風鈴を入れようという話に、これはすぐ去年のもので間にあった。近ごろの風鈴のたんざくはセルロイド。紙のたんざくは軽すぎたり重かったり、思うように音を立てぬ。セルロイドの大きさはさすがに調節とってあるらしく、工合がよろしい。ただ、チカチカペカペカとへんに光りすぎて、おもわぬときの強い反射が気にかかる。

でも風鈴はよいものである。今まで気づかなかった風が、待っていたようにからまって、すぐ音を立てたがるのである。

吊忍《つりしのぶ》は、たしかに出ていたと家のものがいうし、私もたしかに見た気がして、花屋に行ったら、いま少ししなければ店に出ぬ、葉が出てこないのだとの返事。それでもたった一鉢《はち》、温室作りがあるのだと、ちょっとまだ大事そうにして飾り窓のそれを出してくれた。

店頭に、涼しく忍が並んでいる気がしたのは、私ばかりではなかったのだ。昨年、一昨年の記憶が、私たちをいわば早い夏のよろこびに連れ込んでいたのであった。

忍の温室作りとは初耳で、それをこう風も日も当たる軒先に吊ってもよいのかと、私は

チョロチョロと出ている、あの青くけむるような葉が気がかりだったけれど、忍は花屋の指示どおり、朝一度ぞんぶんに水をもらえば満ち足りるらしく、いつか葉が伸びふえていた。という間もなく、なんと方々の町の花屋にはそれこそ足並みそろえて忍が出た。赤いガラス玉の風鈴をしたがえ、井《い》げた、帆かけ舟、富士山、三日月と、よりあぐむにぎやかさだ。このにぎやかな大勢を見て、私の軒、さきがけさせられた忍を、妙にあわれな気がしたのはなぜかしら。

ちょうど私くらいの年輩の人のだが、苦労ばかりでこりごりなのに、また見合いの役を引き受けると、そんな意味の句があった。

これまた、私にはなかなかできそうもない役目、あなたはよくやってくださると、心のなかでその人に礼をいいたい気持ちだった。俳句の仲間が結婚してくださるのはことにうれしい。

ミシン借り蚊やりを焚《た》いてもらひけり　　ゆきえ

「どうぞ、どうぞ」とミシンをこころよく使わせて、蚊やり線香をそっと足もとに置いてくれる親切な家にしてミシンとはなんと音立てる機械なのか。親切かなしい借りミシンと、私はこの句の解釈をたのしんだ日があるけれど、先月、にこにこして訪《たず》ねて来たのはこの句の作者。それも実家にもすぐ来れる「横浜住まいです」とこの人の倖《しあわ》せあふれる顔に逢《あ》って、私も倖せにつつまれた。

「俳句もつづけていいという了解を得ました」とこれもうれしそうだが、まあしばらく、それはどうでもよろしい。すべて後のことである。倖せ得た人の軒に忍はないかしらと思うのは私の欲目か。

小さな螢《ほたる》

久しぶりに日比谷《ひびや》を通ったら地下工事もほとんどでき上がったらしく、面目一新した広場が見られたけれど、あのいためられた植木の姿はどうだろう。巻藁《まきわら》しっかりといたわってあるだけそれは、枯れる寸前の椎《しい》の樹たちである。公会堂から日比谷の角までの、車道のにぎやかさとは別に、静かな通りを作っていたのは、この大きな椎の木影であったのに。祝田橋《いわいだ》通りの公園が削りとられているときも、私はそこの老樹たちの行くえが心配で、その後の消息が聞きたいと思っている。

そういえば、ことしはまだセミの声をきかない。惜し気なくあちこちの樹が倒されているせいではなかろうか。セミが勢いよく鳴いてくれたほうが暑い時には張り合いがある。螢もめっきり少ないらしく、もとは夜店戻りの子どもたちが、よく螢籠《かご》をさげていたのにそれもあまり見かけない。これは農薬のせいと聞く。そうすると私たちの子ども時代はぜいたくすぎたようだ。田舎《いなか》はそれこそ都会人の想像の外に闇《やみ》が深い。その闇も螢がとぶとちっとも怖《こわ》くなく、螢追っかけてふわりとぶつかる闇がうれしかったものである。私たちの螢の場所は湖畔の清水《しみず》湧くところだった。野茨《のいばら》やぎしぎしにとまった大きな螢に、清水の水が顔映るほど照らし出された。あの「こっちの水は甘いぞ」という唄《うた》は、私のこの螢の居場所のためのものだとそう思い込んでいた。

先晩は驚いた。近所に住む娘のところに行こうとしたら下水道工事で掘り返された泥の上へぱっと小さな火が飛んだ。アパートの多いこのへんでときおり見かける煙突の火の粉かと思ったが、その火はまた道低く飛ぶのである。私の指につまめないほどの小さな螢だった。近くの小溝《みぞ》のそこに生まれた螢かしら。

私は螢を大事に掌《てのひら》につつんで孫への土産《みやげ》にした。あまりにも小さな螢の弱い光を放つものを、孫は興味なげにながめていたが「放してやろう」と窓を開《あ》けた。

この子どもたちは、螢のよさもたのしさも、もう知らないのである。指先照らす螢への郷愁は私だけのものらしかった。

明日への期待

D社から今度出ることになった私の随筆集の書名なんとつけるかと聞いてきた。螢《ほたる》、船、天の川、花火、と書いたものの中から思い出しながら、最初に浮かんだ「稲妻《いなずま》」ときめた。稲妻は西空、とっぷり暮れて、夜もそれと知る青田の果てに光っては消えていた。これは幼き日の父母の記憶。横浜の町では、港とは反対の、西戸部の丘あいに、はなやかに明るい稲妻の夜が多かった。

渋谷の繁華街は、なるほど道玄坂、宮益坂、その他の坂が寄り集まる低地なのであった。ここで見た遠い稲妻はこれまた低く、町並みの上にチカチカとしていた。それはすべ

ての街音のほかのものであり、また街音を瞬間消してしまうような光であった。

実はきょうの句会、女ばかり毎月五、六十人集まる私の会である。会終わって、次の兼題を私が出すのだが、そのときに、ぱっと明るくなる会員の顔が、私にはなんともいえずうれしい。明日新しき日にかけるたのみ、期待、そんなものが感じられて、私もまた同じ想《おも》いに駆られて、明日が待たれるのであった。

「身一つにその日の風」といつか私は書いたことがあるけれど、きょうの風の中で、はじめて知る自分、その自分にいささかの頼みをかけたいという心持ちであ

る。句会場、私の卓には、桔梗《ききょう》が挿してあった。紫濡れたその花につづく、夏の日のよさがそこにあるようだった。

「私たちの行く先に、次々に咲く花があるのですもの、元気を出しましょう」と少し気弱な友だちに冗談《じょうだん》をいったことがあるけれど、これは私自身にも言いきかすことでもあった。

合歓《ねむ》は知らぬ間に白粉刷毛《おしろいばけ》に似た花をならべていたし、庭場の山百合《やまゆり》は、昨日から二輪ひらく。植え込みからさし出て、空欲《ほ》しげな百合の白さ、大きさ、そのせいと思うほど揚羽《あげは》がしきりに来る。わが家の猫《ねこ》が蝶《ちょう》を取るときいていたが、いま目の前に、その実演。私の心配をよそに、揚羽は木の間を飛び、猫はひらりと飛びつくのだ。飛ぶ高さ以上の空間に、うんと伸びる鋭い爪《つめ》があるらしい。

昨日にくらべて、きょうは電話のかかるのも少なく、客も少ない。句会へ出がけに母に短い手紙を書く。手紙とはほんとはなにを書くのが一番よいのだろうか。私は先日の母の便《たよ》り「暗いほど庭の木がしげりました」という一行に胸つかれた。老人を圧するとしか思えない夏の木々の勢いがよくわかる。

母上、あなたは覚えて居《お》られますか。昔、となりの境に、合歓があり、落ちた花を拾った日が恋しくて、私はここの庭に植えました。その花が咲いていますーーと書こうとして、私はやめた。もうはるかな日のこと、思い出せずに、母は寂しい顔にもなるだろう。逢《あ》って話せば、なんでもないものだけれど。

あれこれ想《おも》うほんの一端の一端を、走り書きにしかしないまま、日は過ぎるのであった。

川風

今年も私は両国の花火を見た。その夜景のもとで、仲間たちと俳句を作ろうというのだった。

花火客迎へる厨《くりや》喜々として

昼花火頭上にありて落着かず
川開きやぐら組み上げ仕掛舟

こんな大川沿いに住む人たちの句は、まったくそぞろなものが出ていて、こちらもそれに誘われる。現に私たちも、駒形《こまがた》のK家に行く途中、はぜ合う花火をきいたら「まあ」といったのか、「そら」といいあったのか、町の空に目をやらずにおれなかった。

身仕度す背より打上げ花火急
打上げの間のたのしさよ大花火
つつましくしだり消えたる花火あり
整備警官もの待ち顔や川開

当夜こんな句もあったが、駒形橋の袂《たもと》に設けられていたテントに詰めた警官のようすは、たしかにもの待ち顔でもあったが、橋上の吹きしぼるばかりの川風に見る、かなたの花火のよろしさには、いわゆる整理、警備されている町中にある安らかさも、手伝っていると思えた。

橋の上こそ絶好の見物場所、ここでは灯影《ほ》照らしあう都会の夜景を、川筋に影重なる大いなる橋梁《きょうりょう》が引きしめていて、その上に降りそそぐ花火の七色、早打ち、追い打ちのはげしい音は、小気味よいまでのぜいたくである。

しかしこの見惚《ほ》るるながめの立ち止まりを、警官が現われて、「止まるな、歩けよ」との注意である。それを百も承知でおりながら、ほんとにとどまれずにおれない、花火の空であり、涼風なのだった。

裏河岸のしずかな通りは、明るく灯《とも》しながら、人が出払ったような家が多かったけれど、床屋だけは、今夜というのに満員の客である。

しかし、せっせと剃刀《かみそり》持つ人も若ければ、剃りあげた青いもみあげに、パウダーすり込んでもらっている客も若人。ともに爆《は》ぜつづける花火の音の中におれば、今宵《こよい》を満足の人たちのように思われた。

そういえば、句会の人たちも、今はもう、花火の音ばかりに、身をあずけているさまであった。

寄りそひて言ふこともなし花火見る

作者はさすがに若い女性、襟《えり》もときっちりと白地の浴衣《ゆかた》のよく似合う人。

急《せ》かさるる花火の音や決算期

という句を作って、「お店が忙しくて、きょうは気が急《せ》きましてね」と笑って言った人と同じ年ごろ、隣合っていて、字も教えあっていた。

　駒形や花火の人に足ふまれ

これは年輩の人の句。「痛かったでしょうね」と皆からいたわられて、その人はちょっとそのときの痛さを顔に浮かべた。

　川いつか引汐《ひきしお》にさびし花火更《ふ》け

これは朝夕に川風、舟音に親しみ暮らしているKさんの句であるが、地元なるゆえに、花火一夜のあとの寂しさは格別であろう。私もしだいに感じていた。ひまなく揚がる花火のあいに澄みゆく空のことを。豪華なる大都の灯影も、おおいきれぬ更《ふ》けていく夜空の澄みに、秋を知るよりほかはなかった。しかし私は、そのことを、当夜の句会のあるじに、それをいうのが、なにかしらはばかられた。

　尽くるなき花火の夜空許しあひ　汀女

きもの党

この人だけはと思っていたF町のYさんが、さっそうと洋服でやって見えた。夏のきものはこうせよとか、じゅばんの生地はどうせよとか、こまかに私にコーチしていたこの人がきょうは「夏はたまりませんもの」というのである。

「似合うじゃないの」と仲間たちがいうとうれしげで「靴もやっと足にあうのが見つかった」と得意である。

「歩きかただけはだめね。だけれど西洋人のおばさんもあんたみたいに、ぱたぱた歩いてるわよ」

なんといわれてもYさんは半袖《そで》軽い、夏の洋装をたのしんでいるのをながめて、きもの

党の私が、いささか心さびしくなるのはどうしようもない。
　私鉄の駅の乗り降り、ほんとに白一色の人波の中に、ぽつぽつきもの姿がまじる。私たちの年配のものがほとんどである。
　ほんの上《うわ》かわのしめりだけれど、一雨来たら気持ちのせいのみでなく、西空が急にすっきりと秋らしく澄んできた。ホームを吹き抜ける風は、きものを着た私にも涼しく、きものをうるさいとも感じないのに、こうして流れのように立ち替わる洋服姿の人たちにはさまっては、きものをみじめに思いたがる私を、自分でも軽蔑《けいべつ》もしたくなるのだった。

　気も軽く浴衣《ゆかた》に入るる裁ち鋏《ばさみ》　きく子
　身ぎれいに老の浴衣の糊《のり》きかせ　葉子
　浴衣縫ふ心安さの膝《ひざ》くづし　ひろ子

浴衣という題に、それこそたのしげに作った仲間の句であるが、浴衣の肌《はだ》ざわりもあるいはもう若い人たちにはこれほどうれしくはないようだ。

よろこばぬ娘に買ひ溜《ため》し浴衣かな　　きよ

浴衣の柄はいつでもとりどりにたのしい。なぜか、あれはひどく物持ちの気がするものだ。

一夏、せめてもの一枚の新しい浴衣は、私たちに夏に耐え、夏に希望さえ持たせるものと思ってきたが、それも今の人たちには、目新しい服を「せめて一枚は」と変わっている。

行水

出先まで、母上を追いかけて友人の娘さんの電話である。湯に入れた子どもの手足が冷えきって、顔色もよくないという。

子どもの病気と聞けば、お互いにあわてるものだ。しかしこの不順の陽気に、子どもたちの着ているものは、まるで裸同様である。

「湯たんぽを入れたら、温《あたたか》いものを飲ませてみたら」と、こんな手軽な注意を、なにか恐れ気もなく伝えるのも、私たちの年、そしていつか去来するのは、はるかとなった子どもと過ごした日々の事である。

初児の生まれたM子さんのアパートは、赤ちゃんの用品で室中が散らかっていた。これもまたたのしくて、私はそれを跨《また》いですわらねばならなかった。抱かしてもらった、お宮詣《まい》り近い赤ちゃんの、思いがけないずっしりとした重さがうれしく、自分ながら板についていると思う抱きぶりにも、よみがえる日々があるのだった。

それにしても、若いM子さんの、赤ちゃん扱う手の危うさ。でも、だれもの、この危うい手つきが、わが子を育てていっているし、子どもが親を育てているといえなくもない。赤ちゃんの表情は、すでにしかつめらしくして、いちいち親にこたえているし、指図《さしず》もしている。

昨日の婦人句会では、たのしく笑い合う作が多かった。

置いて出る子に行水を使はせる　　淑子

もう、ここでは、母の言葉をききわける子どもである。きょうの早目の行水も受け入れて、母の心を察しているかの子のようだが、それにしても、留守居《るすい》させる気がねがあって母親は、常よりも念入りの、湯あみをさせているらしい。同感も多くて、笑い声が起こった。

一雨きて、蝉《せみ》が多くなってきた。しずかな蝉の声のする方に、家のこと、子どものことを、想《おも》い出している仲間かと思うのは、会が終われば、すぐさま急いで家に向かう人たちばかりである。

季節の便《たよ》り

枝豆も芋《いも》も歳時記ではみな九月になっているのに、私たちは夏はじめの店頭にそれをながめ、走りものという商魂もさりながら、やはり季節の足どりの早さにおどろくのであった。手伝いさんが、「枝豆はまだ高くて」といってからそう何日も経《た》った気がしないのに、私の膳《ぜん》にも朝晩ついてくる。

「今朝のあまりか」ときいたら「いいえ、今晩またゆでました」とのさっぱりした言葉に、値段のほどもうなずけるのであった。

春と夏のけじめがつかないよりも、私には夏と秋との微妙な移り変わりが思われてならぬ。食べものも、ほんとに私たちは夏のものというよりは、秋のみのりのものを、早々と手がけていて、そしてゆたかなる味の秋に踏み入るらしい。枝豆にしても、芋にしても、日々刻々に味とととのえ、私たちを秋の日に誘いつつあるのだと思う。

私には、実は全国からの季節の通信があるのだった。それは各地の人たちの俳句であって、作品はその土地の季節感と作者の生活感情がほんとに偽りなく述べられていて、自然に順応するといおうか、とにかく季節をうべない暮らすわれ人の報告の俳句作品を、私は尊い思いに見せてもらっている。

私の庭の一本の柿《かき》に去年はいたいたしいほどによく実がついた。そのせいであろう、今年はまったく実がつかない。実は先月ごろまでは、方々の人の句に「落ちつづく柿の花」とか「踏み場ないほどにこぼれる柿の花」とかそんな句をいくつも見て、ほとんど落ちる花も見当たらない庭の柿をいたわるような気持ちもしてながめていたら、この数日の暑さに、梢《こずえ》の方に急に五つ六つの青い柿の実が現われてきた。やっぱり葉がくれに、いくつかの実は用意していた柿であったのだ。それもこの数日の目だちようと思っていたら、きょうはまたうれしい投稿の句に出逢《あ》った。新潟県下の人たちのものであるが、

小袋の梨《なし》ぐんぐん太りけり　　一也

小袋のふくれて梨のみな太り　　竹舟

この雨に梨が太ると炉の主　　一声

県特産の梨畑守る人たちの、それぞれの苦心、喜びがうかがわれるのであるが、この「ぐんぐん太る」の実感に、庭のささやかな柿の実が私に大いに役だってくれた。まして袋がけした梨の実の太りの、手ざわりやそのけはいには、なんともいえぬものがあるだろうから。

N夫人は食通で、そして自分も料理にくわしいほうであるから、俳句も食べものに関するといきいきしたのがよくできられる。

瓜《うり》もみの加減も馴《な》れて大暑かな

この句など、「大暑」といっても、もう私たちはすでに、夏のなかばは越した気になってるようである。そして今宵《こよい》、わが味加減の瓜もみをおいしいと思い食べれば、きょうの暑さも遠く消え去るものと私は解釈したいのである。

大柄のN夫人は、たしかに包丁も楽々と使っておられる格好で料理食べるばかりのこちらも気安いが、私はこの人の、食べものおいしげに、まるで無心なるさまに箸《はし》取っておられるのをよいものにいつもながめる。先晩も句会のあとは果物《くだもの》に話が移っていた。

「九月、もうすぐぶどうができますね、栗《くり》もりんごもどっと出てくるし」なんとN夫人のこのときにこやかに輝く顔であることか。

ぶどう、マスカットもおいしい。ほんとをいえば、柿とともに私のもっとも好きな果物の部に入れたいあの青く一粒ずつの重さうれしいマスカットよりは、秋の当初に出てくるデラぶどうの甘さが私にも思い出されていた。小粒びっしりに実り熟《う》れたデラ、どうも果物屋ではあまり大事にされない売り場のデラには小蜂《はち》がよく寄ってきていた。私にはそれはちょっとたのしい風景であった。日差しいっぱいを小粒に結《あつ》めて、もっとも甘美な露をふくむものを、小蜂が一番よく知っているのであったし、その甘さをわけあうことは、愉《たの》しくなくはないのである。

N夫人の話は鱸《すずき》のこと、秋刀魚《さんま》のことにふれていた。私は魚のことはだめである。一つ思い出すのは、噴井《ふきい》のある老母の台所に、ごしごしと押し切られて作られている鮒《ふな》の洗いのことだけである。そして馴《な》れた手伝いさんがさっさと土間を横切って屋敷の隅《すみ》に出かけては、手にいっぱい採って来る茗荷《みょうが》の子。それが、さくさくと刻まれて、洗いのつまとなり卵の吸い物にも浮かされるのである。新薯《じゃが》もこれからといったとて、「根が入るまで」と、早々に掘りたがらぬふるさとの人を、私はなつかしくよいものに思う。茄子《なす》好きの私のために茄子はせっせと秋口に向けて身をひきしめ、紫紺《しこん》の色も深めているのである。言葉の季節感のふしぎさ、「秋茄子」とだけで、ただの「茄子」よりぐっと味も親しさも増すのである。

キリギリス

近ごろの花屋さんの店頭はにぎやかだ。夏場早々、金魚も売られる。咲ききそう花たち、ユリ、夏ギク、バラ、リンドウ等々の、じっと動かぬ花々が、ちらちらと動く水槽《すいそう》の金魚たちといっしょに、こまごまと色動く気がするのだった。

今度は釣忍《つりしのぶ》の横に、ちゃんと虫籠《むしかご》も店先に並んでいる。

「キリギリスは一匹なら四十五円」と若い衆はまったく無造作にいうのである。二匹ならば籠ともに六十円とのこと。私がさびしくないようにと、二匹入れてもらったのがおちどだったとは、その翌朝になって知れた。一匹はむざんにかみ殺され、目玉は食べられ、脚もはずされて、まざまざと死んでいる相手のそばに、勝者の虫は、ひげをそよりと張っていた。

彼はある風のけはいに、ギイッと鳴く。昼間から、間を置いては鳴きつづけているらしいのを、私たちが聞きとめるのはその何十分の一。どうかしたひまに、息をためては鳴き出す声を知ると、なにか気がとがめる。

餌《えさ》をとり替える朝のひとときはたのしい。籠を降ろすと彼はおどろいて狭いその中をとんとんと飛ぶ。紙ほど薄い底板にいかにも軽い小さな手ごたえがする。ひと朝は、籠の目からたわみ出たひげが、私の掌《てのひら》に柔らかくふれ、彼のおびえが私に伝わった。

今年の台風の早さ。台風はいつもの覚悟という気がせぬでもないが、いっしょにやってきた秋冷に、あう人たちがしゅんとしている。「夏ってすぐだめねえ」

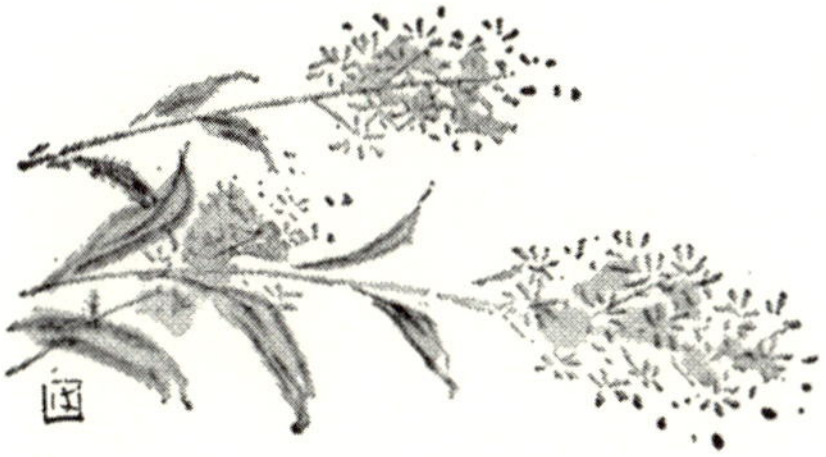

暑さにあえいでいた家族のもののいい草に、こちらも感慨めくものがしのび寄る。その台風は、私の虫籠を軒から吹き落とし、虫はびしょぬれのその住居に生きていた。夜は稲妻《いなずま》も多くなった。音もなく走る稲妻は美しいというひまも、人に教えるひまもなく闇《やみ》に消える。そのあとのひっそりした夜闇の濃さも台風以後のことである。

私たちの話は、いつかまた離れて暮らす人々のことにふれ、案じることも多いのだけれどそれでいてほのかに明日をたのむのである。

旅一日

妙なことから新潟能生町に講演に行くことになった。私はいつも女性たくさんの、まあ似たりよったりの仲間とばかり話を取り交《かわ》しているのに、この漁船引き寄せた町の、青年男女の多い聴衆の前に立つのは少々面くらった。いきおい年配の婦人のいられる席にばかり目を向けようとする私を、自分でおかしがったりあわれに思ったりした。

私は日本海には初対面であった。荒海とのみきめて、ひそかに荒れを期待して来たのに海は折からの豪雨の中にしずまっていた。山崩《くず》れも出た雨だと、あとで聞いたが、それほどの大雨にも海の面は明るく、じっと潮たたえて動かぬ海は、私に、ふしぎな安らぎを与えてくれた。

その雨も午後は晴れた。私が海の方をながめていると、土地の人が「もう海も秋の色です」といってくれた。そしてやがてくる冬の、大岩も道路も打ち越す冬浪《ふゆなみ》の大きさを告げてくれた。

ついでに立ち寄った柏崎《かしわざき》市では私の仲間「朝霧会」の夫人たちが、海の見える大広間で三階節を踊って見せてくださった。その中に八十二歳のM老婦人がまじっておられた。病後の立居不自由の人が、踊りの輪に入るとまるで別人のようにしゃんとなり、顔が輝くかに見えた。

〽米山さんから雲が出た、いまに、夕立ちが来るやら——

住み古《ふ》りた土地の唄《うた》のままに無我の境にある手ぶり足さばきに私は見とれた。こんな間にも日本海の浪は、寄せてきては白くくだけていた。沖は刻々に心を変えるさまの、潮の色の移り変わりであった。

その夜の句会のあとで、今夜かぎりという盆踊りを柏崎神社に見に行った。十時までのおふれをよそに、踊り果てぬ大きな踊りの輪は、これまた意外に暗い神社の境内をめぐっていた。欅《けやき》や松の大幹の暗いその先にも、踊りの人波が動くのは、明るい場所で見るよりも印象的であった。人の手ぶりなどかまわずに、自分が一図《いちず》に踊ればよいのである。下駄《げた》もよし、サンダルもよし、靴《くつ》もまたよろしく、昔の足どりは音頭《おんど》とともにそろい進む。気がつくと私たちのうしろの人波も踊りの手ぶりとなり、からだが動いている。ここでも私は老人たちの踊る姿をつい目で追うことになった。老の背はみな低い。

群衆をあげての踊りに夜更《よふけ》の木立ちはうっすらと霧をまとうていた。越路《こしじ》の夏の終わりが私にも身にしみた。

いわし雲

鎌倉二階堂《にかいどう》の奥に、今はひとりで暮らしておられるK夫人とは、息子《むすこ》の齢が似ており、同じころに嫁も来てくれたので、話もふれあうものが多い。

「今度は暑いときだけれど、皆さんこちらに来てくださらない。家を閉《し》めて出かけるのが、ほんとに死ぬほど苦労なのよ」というK夫人の言葉に、私たちは一も二もなく出かける気になった。鎌倉は木が多く、そして山も多いと、こんなわかりきったことを、いまさらたしかめたのはK家の二階に上がってからだった。たしかにひとりには広すぎる住居である。

「あら二階も開《あ》けてあるのですか」と、当然、閉《し》めた二階ときめたような、私たちの問いに、K夫人がかえってけげんそうな顔となられた。

籐《とう》むしろ敷いた広い二階座敷には日が差し込んでいた。そして開《あ》け放つここには、いよいよ裏山の蜩《ひぐらし》の声がつつ抜けにはいってくる。

「朝はね、起きぬけの元気で、ぱっと雨戸を全部開《あ》けて歩くのですよ。しかし夕方は閉めるのが苦労で」というこの人の言葉を、私たちはまた納得した。家を閉《し》めての外出となれば、その苦労は何倍かになるはずである。

「やっぱりひとりが気楽と思うのですよ」と夫人は、離れて住む息子のうわさをしては、そのあとで、このことをつけ足されるけれど、私には、この家の広さが胸にこたえた。そしてさきほど「二階から山が見える」といわれたので、私たちはそこに上がって見たが、ひとり居の戸を閉めに立つ夕べを、この人はわが住みなす鎌倉の杜《もり》や山を見あかぬものにながめるに相違ないが、そのときの息子こいしい思いをどうするのかと、私はそれを考えずにはおれなかった。

留守居《るすい》のない女の外出の大変さ、――それだから、鍵《かぎ》一つで自由なアパートのよろしさを人は言う――。

二日三日の旅仕度《じたく》に、てんやわんやの私の身のまわりをいうのに、長い書き出しになってしまった。

私の句に「旅長し洗ひて乾《かわ》くハンカチフ」というのがあるけれど短い旅だからなおさら妙に気が急《せ》くのだった。裏木戸のかんぬきがきかぬという知らせ、届くべき手紙をいっしょにポストに入れてしまったという報告、修理に来ていた水道屋さんは、もう帰してもよいかという次の用向きも、旅する前の仕事であるが、戸じまりしなくても出かけられるありがたさを、私はK夫人にすまない思いがするのだった。きょうは私の東の窓にいわし雲を見つけた。昨夜から書だなの奥に、鉦《かね》たたきが鳴き出した。

ナイトショー

月さして一間の家でありにけり　　鬼城

月の光ならば、一間きりの不平どころか、浴びる光の涼しさに、居場所を変えても見たくなるようだが、西日はそうはいかない。どこまでも私たちを追っかけて、市場にも厨《くりや》にもつきまとうのである。

私は国に母を置いているが、木立ち通して座敷から土間にまで射す西日に、顔を染めているだろう老人を考えるのは辛《つら》い。

都会の西日もすざまじい。大建築のあい間から、かっと照りつける窓いっぱいの西日である。田舎《いなか》だとまた逃げ場所もあるわけだが、町中の室いっぱいの西日はやる瀬ないのである。

近所の映画館がけっこうはやっている。外出にはかならずその前を通らねばならないが、開演中のなにかひっそりした館にも表情があり、入れ替えどきの、どっと吐き出される観客の表情にはまた、映画の筋が感じられるのである。夜ややふけて、そのあたりに、たちまちできた行列はナイトショー。館前に、一杯のバケツの水が撒《ま》かれ、眠たそうにしていた切符売りの娘さんが、鳴り渡るベルで元気をとり戻している。その行列に知り人がいそうで、私はなぜか足早に通り過ぎるのである。

そこの入り口に、白い捕虫網を振りまわす二人の男の子がいる。今ごろをと思うのは、私のいたらなさで、明るい照明灯に寄ってくる灯虫たちを追っかけるためらしい。またこちらには三輪車にまたがる子、もうあぶなげなくなった夜の通りとはいえ、こんな時間にとやっぱり気になる。

ナイトショー。昼間の暑さも西日の強さも今はすっかりきょうの過去にした人たちである。古い映画でも、安値の気安さ。噂《うわさ》に聞いたもの、見はぐれてやっとめぐり会えたもの、またこの暇をスクリーンに対せばよい人たちも多いようだ。

はねるのは十一時すぎ。明日もまた働く人々に、ナイトショーはことによい映画であってほしい。町もこのころにはさすがに夜気冷えて、道路ぞいの立て看板の下の雑草も露けく見える。

青い海

新潟《にいがた》の日和《ひより》山海岸に立って「あそこの波除《なみよけ》からここまでが、この一、二年に浸蝕《しんしょく》された場所です」と、案内のK氏に説明されても、私は汐《しお》浴びに嬉々《きき》とたわむれている子どもや若人たちを見ると、その実感がわかないのだが、ひっきりなしに寄せてくる波が気になるのは、やはり目に見えぬ、立つ足もとまでの浸蝕を思ったからだろう。

波打際《うちぎわ》に組み合わされ、みだれあう、コンクリート製の奇妙な三角形のものはテトラポート、このうえない護岸用とのことだけれど、それを波は置き去るかにくぐり出ていた。

話にきいていた、新潟市の地盤沈下も今度の旅で見ることができた。天然瓦斯《ガス》の採取によるらしいが、埠頭《ふとう》倉庫の沈下にまず驚いた。海面がぐんと高くて、倉庫が沈んで見える。コンクリートの防壁を、私ははじめ、仕切りの塀《へい》かと考えていたら、そこまで高く満ちきている海をささえの壁であった。たしかに海面は私たちの胸もとの高さにあった。日に三ミリとか沈下しつつある町だというけれど、それ等《ら》をよそに、埠頭の風景はよい。クレーン動かす積み荷の船、トラックが走り、人影が動き、遠く港口にはまた入りくる船影が見え、港はいつも、どこも動いているのであった。ここの倉庫の広場は石炭の山。黒々とした倉庫の大屋根と、照り合う石炭の山は構図のよい油絵を見るようだった。「雲の広さがちがいますね」と私は連れの人にいったが、残暑照りつける港にして、さっと吹きつける風に、裏日本の海を感じていた。

岸壁には直接ソ連のマゴ・ラザレフから輸入された筏《いかだ》が横づけになっていた。えぞ松、落葉松《からまつ》、太々とした鉄鎖でひきしめた木材は一筏《いちばつ》が二千二百立方メートルとか、壮観であった。

海沿い、あれはなんという町であったかしら、ここでもぐんと海よりも家々が低く見えた。大雨がくればまったく水のはけ場がないので、海へ向けて排水ポンプが気休めのように据えつけられていた。そしてその横で、老人が流木を束ね、かわいい女の児が三輪車で遊んでいた。護岸一重の外は満々と寄せている青い海、そのすれすれに建つ家の庭には小さなぶどう棚《だな》が組まれて、青い葉が涼しげであった。私は明日を恐れず暮らすことの強さ、よさが切ないまでに思われた。

沈下地帯かやつり草はすでに穂に
秋の雲塊炭光る粉炭も
水夫訊《き》くポストのありか秋埠頭
秋日傘《あきひがさ》沈下地帯に影印す

日記

吹きまくる嵐《あらし》のなかでは、じっとしているよりほかはない。わずかに家の中を見回って、うちのものたちへ、一言二言話しあってみても、いっこうに風音は衰えないのである。そのうちに、変に聞き覚えの音が、天井《てんじょう》にしはじめた。雨漏りであり、それをまた畳が気ぜわしく受けはじめたのである。あわてて持ってきた洗面器に、さかんにしぶきをはねる。あり合わせのぼろ切れを敷いたら、素直に溜《たま》りゆく雨水である。手伝いのとみさんが「まあ、なんでもないことですね」という。

郷里、九州の梅雨のはげしさ。しかし、雨音につつまれていると、よけいに、父や母の傍《そば》にいる思いが深く、そして雨漏り受けの、たらいを出してあった部屋のなつかしさ。ぼろ切れ入れるそなえ（?）もその見覚えである。いま「まあ」といってながめていた、この若い人が、覚えてくれたらしいのに、私はふっと幸福を感じた。

幸福といえば、私たちの仲間の句に、それをよく教えられる。

夜濯《すす》ぎの水あふれ出る安堵《あんど》かな　　たま子

井戸ポンプにしろ水道にしろ、水あふれ出るそのことだけで満ち足りるのは女である。

迎へくれし子よ夕立のバス見上げ　　ふさ子

そのわが子の目とあった瞬間に、母はしあわせにつつまれるのである。

亡き夫の日記のわが名虫干に　　俊子

これも一瞬しあわせにつつまれて、すぐまた寂しさにもどる人ではあるけれど。

小さな幸福、ささやかな望みのくり返しが私たちの日々ではあるまいか。いわば平凡な暮らしのなかの哀歓の句は、かえって新鮮感さえ伴うものである。

台風一過、目も当てられぬ庭先に、もっともむざんなのは、折れたアカシヤの大枝であり、ちりぢりに吹き落とされた小枝まじりの青松葉の上に、もう鳴いている蝉《せみ》がある。

育ち盛り

「やっと学校が始まるのよ、なにしろ三度食べさせるのは大変で、へとへとだわ」とたずねてきた娘がいう。子どもたちの夏休みは母親の嘆きの日々だといっても大げさでないらしい。近ごろの学校給食のおかげで、子どもたちの家では、二度の食事ごしらえでこと足りていたのに、休みになって、まるまるの三度となれば、母親は忘れていた忙しさにまき込まれていたわけだ。なにしろ食欲たくましい子どもたちなのである。おやつどきもめまぐるしくくるという。

「西瓜《すいか》がずいぶん安くなったわ、お菓子《かし》よりも安くつくのよ」と、どうも育ち盛りの子を持つ年ごろの言葉は感慨がこもる。私の仲間の俳句にしても、子ども等の視線の只中《ただ》で西瓜を剪《き》る、というようなのがよくあるが、とにかくあのまんまるの図体は、どうしても片手では持てないもの、両手を使って、心に品さだめつつ、さて包丁を当てがえば、西瓜のほうも待ち切れぬようにはじけるのである。その待望のものが、予想以上に甘かったか、裏切られたか、桃や柿《かき》などと違い、なにか一大事のように思えるのは、皆でわけあうあの大きなものなればであろう。

昼間のやり切れない暑さは、やっぱり夕立ちの前ぶれであった。さっときた大粒の雨に、悲鳴をあげて駆け出したのは手伝いさんといいたいが、そのときは私

もやはり腰を浮かして、干しものへ飛び出していた。

「まだ裏の方にも干しています」と干しものを竿《さお》ごとかかえ入れながら手伝いさんがいう。その顔に斜めに叩《たた》きつける雨であり、竿の片端を受け持つ私のゆかたの袖《そで》も、みる間にびしょぬれである。もうこのときは、「裏の干しもの」など、かまっておれぬ雨であり、濡《ぬ》らしてしまってもよい気になっているからおもしろい。

いよいよ真っ白な雨脚《あまあし》を見ていたら、「今はただ喜雨に打たすものばかり」という私の句が思い出された。庭のものすべて、石も木も、いきいきと洗われよみがえる雨脚のよろしさに見とれたものだったがそのときは、乾《かわ》きかけの洗濯物《せんたくもの》までは考えに入れていなかった。

妙な対照であるけれど、西瓜を食べ、夕立ちにいつもあわてて、私たちの今年の夏も過ぎんとしている。まして今や新学期をたのしむらしい、幼いものたちの表情を見受けるのは、たのもしくうれしいのだけれども、去りゆく夏に、なにやかや心残りがあるように思うのは、どうしたことだろう。

夏と私

《自句自解》

ばら開き今宵の団扇《うちわ》新しき

どのばら見ても、息つまるような美しさである。大輪の豪華さもよい。小ばちもそれぞれにかわいい。とにかく、私たちの暮らしのかたわらに、初夏のよき季節の中に色をつくして咲いてくれるばらの有難《ありがた》さ。その夜の句会の席には黄と、ピンクのバラが生《い》けてあった。そして私の前の団扇《うちわ》は真新しく、その風はとくに涼しかった。ばらと一本の新しい団扇、それはこの上ない奢《おご》りのように思われ、これよりの夏のよさみたいなものを感じさせられた。

風鈴のもつるるほどに涼しけれ

チリンと、ときたま鳴る風鈴は、何か気を許していてよいが、あまりに吹きつける風では、風鈴がとまどう。短冊《たんざく》がもまれ吹き上げられて、まったくみだれもつるるその音は、見上げずにはおれないのである。見あげてさらにたしかめる涼風のありかといえようか。とにかく風鈴を吊れば涼風はそこに生まれる。

ぶつかるは灯に急《せ》く途の金亀子《こがねむし》

夏の夜の灯に一直線に飛んで来る金亀子《こがねむし》は愛嬌ものといってよい。いくら押さえて闇の中に投げてやっても、すぐまた頑固にもどって来るのだった。
私が宵《よい》の庭先の用に気忙《ぜわ》しく歩いて来たら、横あいからぶつかってきたのは金亀子である。大急ぎ、彼は灯《あかり》を取りに行くところ。その途中を行き逢《あ》ったのだ。私のほうが悪かったのか知れぬ。なお、彼はぶつかりながら、座敷の電燈へ飛び込んでいた。

小鏡を掛けて用足り柿若葉

いつの間にか鏡台の前にすわることが少なくなっていた。その暇が惜しいとまではなくとも、必要がなくなったのである。厨屋《くりや》近くの廊下の小さな掛鏡に、朝の顔を映し、外出の髪もなでつければ済むことになった手軽さがよいのだった。柿若葉する日のおのずからなる心のはずみ、その若葉ゆえに明るい窓のわが小鏡にあずけている気持ちも思い当たるのだった。

朝露の蜘蛛《くも》の網まだやさしけれ

その朝、つつじの株や、どうだんの株に見た蜘蛛の巣の数には驚いた。それぞれの網の張りように朝露がいっぱいで、露の重さにしっとりたわむ、蜘蛛たちの家は、やさしく、まだ目ざめていない刻である。夏の朝の涼《すず》しさ、よろしさをそっととどめて置きたい気がした。

夏雲の湧きてさだまる心あり

山に見た雲でもない、海の上に見つけた雲でもない。門を出て、通りまでに出る、いわば横丁に見た今年はじめての夏の雲である。むくむくというほかはない白い雲が、私たちの街《まち》の上にもあきらかに立っていた。いよいよの夏に対して決しなければならぬものも私たちは持つようである。さだまる心、それは夏に踏み入る心といってもよい。

麦秋の母をひとりの野の起伏

母ひとり残り住む故郷は、一面の熟《う》れ麦の野であった。黄金色に波打つ麦秋のゆたかさに、母が小さくまぎれ去っている気さえしたのだった。これはやはり母の齢に対する気づかいが、私にそう思わせたのである。

子にかかる思ひを捨てぬ衣更《ころもがえ》

人に逢《あ》っているときも、またほんとに夜を眠っている間にも、気がかりはわが子のことであろう。といっても、限りなく、手のとどくものではない。

「あなたも、もうよい加減に心配をお止めなさい、子どもには子どもの力があるはずですもの」と、その日私は友人にこんなことをいったような気がするけれども、それはまた自分にも強くいい聞かせている文句であった。

衣更え、着古した冬着をぬいで、裾《すそ》軽いひとえものになる日の気のはずみは、これはきもの着る私たちが、よけいに知る倖《しあわ》せな日であるが、さてその心のはずみにも、子にかかる思いは捨てきれるものではない。

「捨てぬ」といってさっぱりしたはずの、そのうしろにいっそう思いわずらうのが、どうも私たち母親らしい。

笛《ふえ》そえば祭太鼓《だいこ》の高くなる

祭囃子《まつりばやし》を聞くと、一瞬に幼い日に連れていかれ、そぞろお宮の境内に行きたくなるのだった。氏子の、ほんとにこの人もと思う人たちが、われを忘れたさまにお囃子の座について、その中でもことに年老いた人が取りあげた横笛を、やおら口にあてると、実に高いよい音がひびく。それを待っており、力を得たさまに、太鼓の音もひときわ高くなり、私の胸に沁み渡ってきた。年々の祭のたびに笛吹く役にあずかるのは、あの額のしわ深く、しかしいかにもよい顔をした老人のこの上ないたのしみのように受け取れた。

夕風の一刻ずつの新樹濃し

木々の若葉ひらくときのすばらしい勢い、まごまごしている私たちは、置いて行かれそうなのである。街路樹の一斉の芽のほどけのまたはげしいこと。しかしこんな日の都会の舗道のよろしさ、さわやかな夕風は、ほんとに一呼吸のあいだにも、見渡す新樹を濃くならせていた。街《まち》を美しく、私たちの行く道を飾るために。

秋

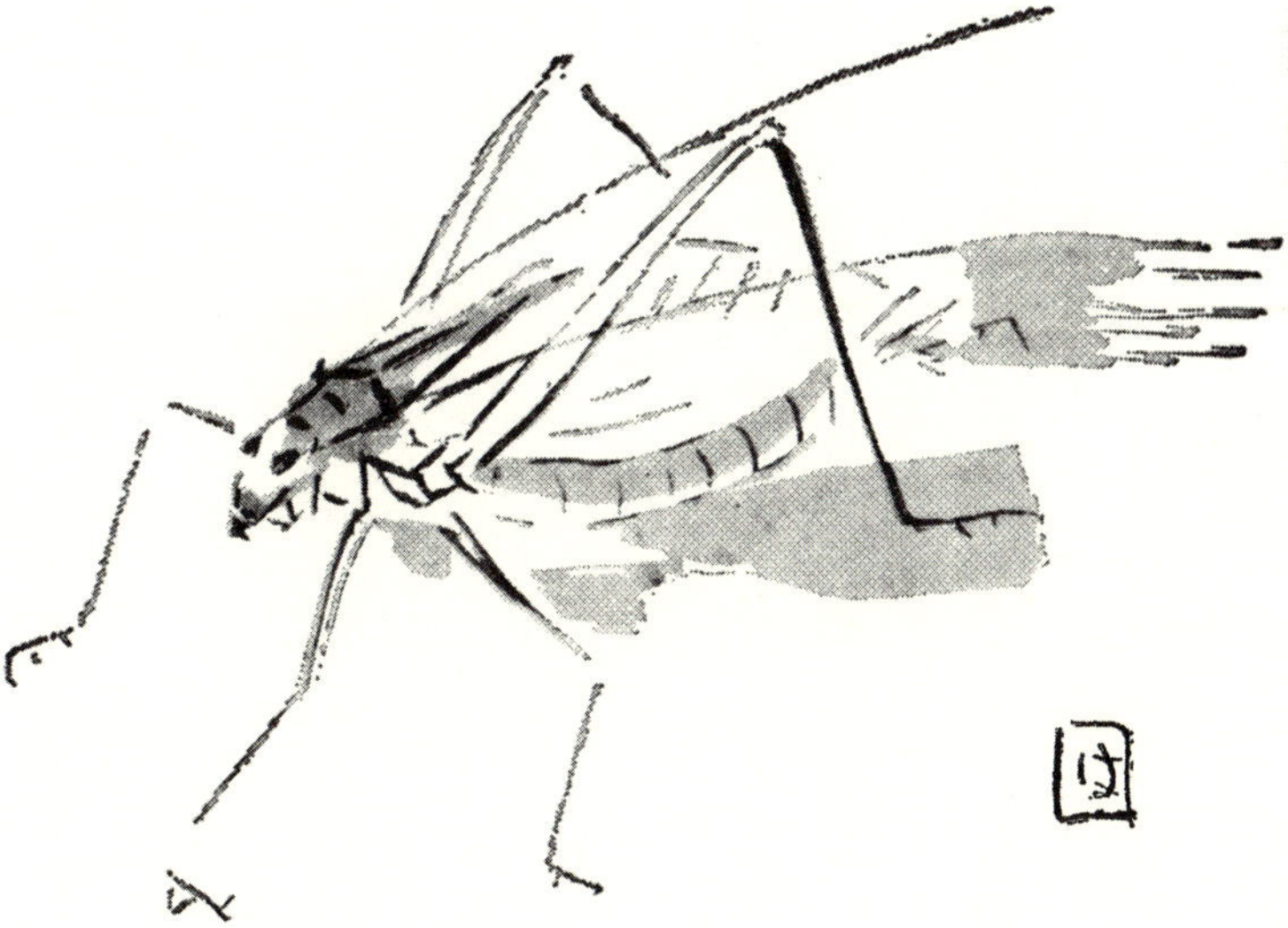

九月の雲

暑に咲きし花何々ぞ法師蝉《ぜみ》

毎年のことながら、私はこの自分の句を秋のはじめに思い浮かべる。おかしなもので、凌《しの》ぎ難い暑い日を重ねてきているのに、このごろになると、急に一夏が振りかえられて、落としものでもしたような、さびしさにおそわれるというのは、法師蝉《ぜみ》の声を聞く日であった。まだまだと思う烈日の中にも、あの繰返しの鳴き声がはじまると、この夏に見たと思う、花々が、フラッシュに当てたように鮮《あざや》かに現われ、おかしなことに、また何も残らず光のなかに消えるのであった。

よべの雨紺《こん》朝顔の色澄みぬ

これは昨日の句会の一人の句。澄みぬというのには、たしかに一筋の秋冷が及びいることではあるまいかと、そんな気がして選んだが、昨夜も夜半の雨音はなかなか強かった。

さて、明けて今朝《けさ》の白木槿《むくげ》の美しさ。ふわりと大きくふくらむ花弁に、いっぱい露がたまっている。花の夜明けは実に早いようだが、夜中からのあの激しい雨は、この柔らかな花弁をいためるどころか、かえっていきいきと開かせているのである。そして、私たちよりも早く、そこには小さな蜂《はち》が来ている。まだ露けさに重たそうな翅《はね》である。

「病む窓に九月の雲よ」という句を作ったのは、まだ見ぬ長崎の若い女性。療養中の人らしく、九月という月にかける切ない思いが、私に迫ったのを覚えているが、いさぎよく、次なる季節へ踏み込ませるのは、九月という声。

「あなたにもいよいよのよい季節が来ました。お互いに元気を出しましょう。明日、明後日と、いくらでも新しい花が咲いて来るのですもの」こんな意味の返事を、その人に書いたのであったけれど、新涼は人づてでなく、おのずからなる心のはずみを、私たちに持たせてくれる。

九月新学期、学校帰りを、戸に打《ぶ》つかるように駆け込んで来た幼いものたちを見ると、私もつい笑ってしまう。

思えば長すぎた夏休みであり、こんなにもうれしい学校の始まりである。短ズボンからはみ出た長い脛《すね》で、まさしく新季節へ飛び込んだ子どもたちである。繰《く》りごとなどいっておれない。

祭礼

町のひとところが急に賑《にぎ》やかになり、子どもが多い。なるほどとそこらを見回すと、紅白の桜の造花が軒並みに出て町内のお祭りである。そのまた一か所、かためたような子どもたちの真ん中の太鼓《たいこ》は、強い秋の日にほんとに焦げつくばかり。子どもらは顔を真っ赤にして、そのひびきをたのしんでいる。こんな子どもたちを見れば、祭礼のごたごたを大人《おとな》は忘れるだろうし、神輿《みこし》引っぱる長い綱にはまた、なんと同じような小さな子どもが集まることか。

私の孫も綱持ちに出て、町内が違うとて断わられたという。小学校区と氏子区間とがちがうのは、ちょっとあわれである。

神主さんのきびらの紋付きにも、舗道の日差しは容赦がない。藍《あい》色の紋のよろしさ。

紋付の紋しみじみと花の下

私の先年の句であるが、家の紋をしみじみと見る暇も私たちは失っているようだ。しかし一応は、だれもが心の内にあるわが家の紋を知っており、また、何かのときにはかならず親から教えてもらえるのである。

梅鉢《ばち》、桔梗《ききょう》、下がり藤《ふじ》、揚羽《あげは》、鷹《たか》の羽《は》、かたばみ等々、思えばなんと美しく自然をうつした模様だろう。

祭りの町並みはすぐ尽きて、どの店にも残暑の日が照りつけている。ふとん屋さんには、打ち綿の山。手まわしよき家々の冬仕度《じたく》である。

街路樹のすずかけが黄ばみ傷つき、そして裏通り自動車の少ない町並みに落ち葉がはじまっている。雨よりも風よりも、この数日の照りつけが、町の並み木を痛めているようだ。

都会の騒音はわびしいけれども、ときにはこれもおもしろい。騒音のあい間に、ふっと遠くまで見通せるようなしじまがはさまる。刻み進む船音までも交じっているように思うのも、さすがに秋風と思うきのうきょうである。

さといも

青桐《あおぎり》が二本突ったって、西日がいつまでも強い。家を通して土間までさす西日である。その陽《ひ》を青桐の葉がわずかにさえぎろうとするのであった。

それなのに、その小さな家を考えてもちっとも暑かった記憶がなくて、さといもの美味《おい》しかったこと、輪切りにしてくれたまくわ瓜《うり》の冷えていたことばかり思い出すのだった。

それは私の幼時の「つる」という旧婢《ひ》の家。つるの世帯は貧しくて、子どもができても、つるは絶えず跣足《はだし》で働いていていた。

私に

「母の次ぎ好きな婢とゐて蛙鳴く」

秋

という句があるが、ほんとにつるほどに好きな大事なものがいようかと思っていた。

ここの家の台所の簡単さが、今もなつかしい。飯焚《た》きの羽釜《はがま》が一つと鍋《なべ》がどうも三つとはなかったようだ。しかしあの文福茶釜型の茶釜はいつも竈《かまど》にかけてあるし、蓋がわりの青土瓶がその上にしっかと腰を据えていた。

しかし、ここの家に包丁《ほうちょう》が一本しかないことを知ったときはちょっとおどろいた。それは台所においてあり、前庭に湧《わ》く噴井《ふきい》のふちにも持ち出してあった。

縄《なわ》仕事でもすることがあれば、鎌《かま》といっしょに縄をぶっ切る役にも立っていた。こんなに働く包丁ならば、一本だけのほうがたしかに重宝だ。そこの噴井によく冷えたまくわ瓜があり、つるがさっくり切って、わけてくれたもののおいしさがいつまでも私についてまわるのである。台所用品の新製品とか、いろいろ教え込まれ、見せられるものも、活用するまでにいかないのは、私のこうした昔の記憶があるからに違いない。むずかしくすればするだけおいしいものもできるだろうが、それだけ台所の煩雑さも増す気がする。

先年の中国旅行で、見せてもらった普通の家庭の台所の、唯一ともいえる道具の大きな鉄製の火掻《か》き棒と、木をくり抜いたがんじょうな柄杓《ひしゃく》が印象的だった。

原始にかえれ、ではないけれど、私たち自分から、妙に気負い競ってわずらわしさの中にまぎれ込んでいるのではあるまいか。

旧態依然たるわが家の流しもとに、せめてと例のハンガーボード、あの水玉模様の板をはりつけ、重宝と思った金具も少し取りつけたものだが、いつの間にか、見捨てられて、金具はコップかけの一個だけ残っていて、もっぱら手近な棚《たな》の釘が、杓子掛けにもブラシ掛けにも愛用されているのを見て、実は私はこれまた妙な安らかな気になるのだった。

もの音

私の部屋は二階、台所のすぐ上に当たるので、すわっていても、すべての物音がわかる。こまこまと軽い音は、あれは胡瓜《きゅうり》だ、今のはピーマンの二つ割りを刻む音、今のあの念入りの音は、さて今朝《けさ》は何を別に用意するのかと、まったくいじましいばかりの、もの音ききわける自分の耳がときには情けない。そうであるから、ガチャンという音、パチリと薄手にくだける物音など、まったく、さてはあの皿、あのコップかと、尖《とが》る心をおし沈めて、手伝いさんには対しなくてはいけない。

「いいのよ、割れたものは仕方がないもん」

と鷹揚《おうよう》らしくいっても、咎《とが》めないということの優越感みたいなものが、今度はやりきれなくなるのだった。やはりつまらない瀬戸ものにしろ割れないがよい。

二三日前、急に手伝いさんが親もとに帰った。がぜん大変なことになった。気楽でもあるし、これしきのことと、朝起きて、まず牛乳瓶《びん》をとり入れようとしたら、冷たく露っぽい牛乳瓶の一本がつるりと手から辷《すべ》って、見事に割れた。それだけではなく、白い乳がみるみる道に流れひろがったのである。白く乾《かわ》いたときのみじめさが思われてあわててバケツ一杯の水を汲み出して、流してもそれでは足りず、また一杯運んで来て、汗になっているのだった。

さて、その次は、棚の笊《ざる》が落ちて来て、下に重ね伏せておいた皿を割った。笊の軽さでも駄目なのかと、私はこれまた見事に割れた中皿を眺《なが》めた。

まったくかけらを拾うのは危くて嫌《いや》なものである。

「割ったっていいから、ちょっとそうだといっといてね」

と平気で人には言い渡していたことに気がひけてきた。かけらを拾う気づまりは、詫《わ》びごという気持ちもくじけさせるのではないか。まして、ものこまかに聞きつけているのは閑《ひま》なときのよけいなせんさくではないか。当事者（?）はそのもの音どころではない。

さて、T家の広い応接間はもう涼しすぎる風通しである。ここらも田畑埋《うず》めて家が建ちふえてはいるけれど、出穂前の青い稲田の見渡しのよさ、木槿《むくげ》ものびのびとした花の色だが、ただ、あまりに窓近く蜩《ひぐらし》が来て鳴くと、やっぱり妙に心急《せ》かれるのである。

茶の仕度をしておられるらしい次の間のけはいを、匙《さじ》を出す音だ、あれは箸《はし》を撰《と》り揃《そろ》える音だと、ここに来てまで聞きわけている私のあわれさを、私は持て扱いかねた。

横雲

建て増しすすむ隣家に、きょうは屋根やさんが来ている。屋根のなぞえにこの人たちは、やすやす乗って、シャツから伸びた日焼けの腕が涼しそうである。

瓦《かわら》一枚を左手につかみ取ってはのせてゆき、それを両手がぐっと押す。力を入れる腕の張りに、落ちつく瓦が思われて、私にもまたまた迫るという台風の備えにあずかる気がするのだった。

その屋根は、私の窓の視界をさえぎるので、そこの高さが、私にはうらやましい。それに、きょうはもうまぎれなく、すっきりした秋空であって、横雲が光を、屋根やさんに返している。

涼風立って見ちがえるようになったのは花屋さん。どの花の色も冴《さ》え冴《ざ》えとして、仕入れも豊富になったようだ。菊のみずみずしさ。秋新しき菊たちである。大輪よりも細目の花たちの生きのよさ。そのぱりっとした青い葉を、むしり取って束にするのが花屋さんの仕事らしいが、この無造作な扱いもりんとした菊たちには悪くない。

果物屋の季節もめまぐるしい。新しい一房《ふさ》の葡萄《ぶどう》を取り上げると、粒ぎっしりの重さが、じっと掌《たなごころ》にのこるのだった。

いちじくもちゃんと出ていた。いちじくを撰《よ》って買うのは女たちで、それも買い物籠《かご》をさげた人たち。私も指先に柔らかいそれを、いくつか撰りどりしたのだけれど、その人たちの買う三、四個は、たしかに私と同じに、自分用のものらしい。傍《かたわ》らの「甘い二十世紀」と書かれた値札をのぞいたらその紙の下から「甘い白桃」と書いた文字が透《す》けて見えた。つい先日まで白桃が並んでいた場所であり、そこにあった値札である。

果物からも追い立てられる私たちの月日であった。しかし、ほんとは、追い立てられているとは思わなく、迎えられているとそう感じていた。そのくせ、「甘い」とつけてある文字につられて、うかうか失った日もある気がするのだった。

としよりの日に寄せて

私のところに寄せられた句稿に「八十歳の老女の初心者、恥ずかしさを忍んで投句」と書き添えたものがあった。

老あはれいざり寄りつつバラ手入れ　　ちよ

さし木せし額の花さき揚羽《あげは》来る　　同

「老あはれ」とみずから述べてあるところがさびしい。腰伸ばしあえぬ花手入れであろうし、この齢《よわい》、さし木の育つよろこびも格段のはずである。同じ人の句に「待つ人は来ずあぢさゐは色あせて」というのがあったが、若い人とちがって、人待つ思いのさびしさとむなしさがにじんでいる。

T子さんがやっと果たしたといわれる旅は、故郷とはいえ血縁うすれた生家に、疎開のままで死なせた祖母の墓参のためだった。

「生前、だれかたずねて行きますと、縁先の柱につかまって、いつまでも見送っていたそうですよ」

T子さんが、はるばると墓参りされた気持ちはこれでもわかる気がした。老人との別れ、見送らるることの辛《つら》さは、私も年々の帰省で知っている。立っている母に、早く見えなくなるほうが気楽に思えるのに、私のふるさとの道は、長い堤で遠ざかるまでお互いの姿が見えるのである。

それとこれとはまるで違うけれど、このあいだ私はうれしい見送りをかいま見た。私たちの仲間の、年に一度の一泊旅行に、遠く鵠沼《くげぬま》から加わったU婦人には、にこにこした息子《むすこ》さんがつき添うていた。そしてU婦人より先に私の前にきて「母をよろしくお願いします」といい、つづいての言葉に、私は胸をつかれた。

「ちっとも母によい思いをさせませんでした。俳句をはじめて、母は希望が出たと申しています。電車をまちがえそうなので、送って来ました」

いったん、別れて帰ったと思ったその人は、私たちの電車が出るとき、また母の窓に寄って何か告げていた。うれしい光景であった。

旅先の散歩にUさんといっしょのときがあった。そのときの話に「昨夜は夢で、この旅行に出るというのに、足袋《たび》のこはぜがどうしてもはまらなく、おくれるおくれると焦《あせ》っていましたら目がさめました」

「あの子が五つのとき父親をなくしました。私はその後きょうまで、一度もよそに泊まったことはございません」

それゆえの、さきほどのうれしい見送りであり、身につまされる夢の話であった。

一夏をかけ通したすだれに、もはや秋の日差しだという句をみかけたのは昨日のように思うのに、秋風は急に冷たく、日脚《あし》のつまりはまったくどうしようもない。迎えし秋のよき日を選んでの「としよりの日」とは思うけど、この日にして明らかな日のつまりようは、老人がたをさびしくしていないかと、秋はそれが気がかりである。

ある報告

電車の中に老人が乗って来る、それを目の前にして、席をゆずらない若い人を、私は非難の心いっぱいでながめるのに、ときに、私を目指《ざ》して、さっと席をゆずる若人があると、今度はちょっとあわてるのだった。それほどの年ではないと、まだまだ自分をたのむ思いが四分ほどで、あとの六分はこころ苦しい。いたわりを受けることのうれしさとさびしさの入りまじった思いである。

「いたわられ母気に入らず月の町」という句ができたのは、思えば母は、いまの私の年ぐらいだったのだ。

月の明るかった故郷の町。町といってもすぐ通り抜けの、湖畔に出る道ばたの草は、露をあげて冷たそうだった。母は着せかけようとした私のショールをさえぎって、

「なんの私は強かけん」

とかばわれることを振りきった。

そのときは「気に入らぬ」そぶりを見せた母が私にはさびしかったが、今となって思えば有難《ありがた》い母の若さであったのだ。

あきらめて転居はいはず桐落葉
話しつつ栗丹念に剥《む》き居《お》りし
涙ためて老の見送る秋の雨

いつしか姑《しゅうとめ》となり、すぐまたその年に追いつく人の多い、句会半日に詠《よ》まれたものに、うすうすと流れる老いのかげを、私は自分をもふくめてそれを大事にしたいと思うのだった。

久に来し母子夜寒の雨をもどる
故里の一夜落栗風まじえ

学ぶ子の夜寒の椅子のきしみ居《お》る

夜ふけのもの音、わずかな椅子《いす》のきしみにまでに気を使っている母たちは、朝となればすべてを忘れて家事にいそしむ。

存分にわれ働きぬ秋日和

折ふしは小鳥の影や硝子ふき

また齢《よわい》重ねなければ知らぬよろこびもある。次のような句に出会うのもこの会である。

久々に紅糸買ひぬ七五三

石蕗《つわ》咲きて嬰児《えいじ》も声を立て笑ふ

まさしく孫ものであって、わが産んだ子どものときではこのたのしさと余裕は持てないのである。

それこそ半日、三、四時間の句会はみんなの心のありどころ、身の処し方のそれぞれの報告であるが、「秋雨に犬好き犬に傘さしかけ」と詠んだ人はどうやら自分のことらしく、「犬好き」とみずから許すその作者のたのしげな面にも年を重ねたもののよさが見られた。

姑《しゅうとめ》クラス

静岡から久しぶりに上京した友人は、昔私たちの学校通いを、手にとるようにして世話をやいて下さった、その人のお母さんそっくりになっていた。自分のことはわからず、人の年ばかり気になるのはおかしいが、お互いにいつかいわゆる姑《しゅうとめ》クラスになっているのだった。

「大阪にいる息子《むすこ》の嫁が入院したというので、私は驚いてすぐ出かけようとしたら、おかしいけれど腰が抜けたようで動けないのです。仕方がなくて明日《あす》までと落ち着くことにして問い合わせたら、盲腸炎だったというので、まあまあ一息ついたのですよ」

「嫁の里のお母さんが、そんなに考えて下さってと感謝されたのだけれど」といってから友人は一言つけ加えた。

「だってねえ、息子や孫を残されたら大変ですもの」

嫁姑の愛情のつながりはこんなものかと、私たちの心も明らかにされたようで、さびしく痛かった。

でもこの気持ちにはいささかの誇張がある。嫁と姑のあいだ、何やかやいいながら、いつかは若い人にたよっている姑であってみれば、嫁の病気は一大事なのである。

この二月ごろであったか、私は近所のマーケットへ、ほんとに足もと弱気な白髪の老婦人が買い物カゴさげて来られるのをよく見かけた。若い人の手カゴにあふれる大根、人参《にんじん》類は、野菜そのものが鮮度新たに見えるものだが、こんな老人の野菜カゴは、痛々しくて、私はその後ろ姿が気になった。聞けばお嫁さんが病気だということ。

「私もひとりでいるのが気楽だと思いながら、さて、遊びに来てくれた二人が帰った後の片づけをしていると、なんだか空《むな》しくてね」

これは一人息子を結婚させたK夫人の述懐である。「空しい」ということがまた、姑年齢の心持ちをよく現わしているかもしれぬが、それに耐えてゆくことが一番よいことだと、何やらお互いにわからずつかめぬままに、話しあうのが年ごろの似た私たちの話題である。「子どもにたよってはいけないのね」ともっともらしく言いあいながら、それは頼りたい心の裏返しであって、そこの程度をどう自分に言いきかせようかとしているのだ。

私は先日、あるところから、「姑となった気持ち」について質問を受けた。雨が降っても風が吹いていても、息子についていてくれる嫁に感謝したい気持ちだ、と答えたが、これもあまり大事にしてやれなかった息子への私のつぐないを、嫁に押しつけたことになるかもしれぬ。

同種同類

Y家も戦後、広い家を半分人に貸しておられる。二つに割って暮らして見れば、それだけ掃除の手間も省けるというもので、外人をはじめ、ちょくちょく住み替わる人たちとのふれあいを、また聞きするのは私も何かと教えられる。

「お隣さんが、引っ越して、ほんとにほっとしましたよ、まるで何もしないお嫁さんでね」というのはきょうの話。

そのお隣の夫婦というのはひとり息子《むすこ》だときく腕のよいスチールマン。母親の手一つで育てたのに、いつか女優さんと結婚。とたんに女優さんの国許《くにもと》から兄弟《きょうだい》が押し寄せて来て、わが息子の影の薄さ、「構い手もないようで」というのは、別居のその母なる人のこぼし話だそうである。

「引っ越しもねえ、だれも片づける者がなくて、そのお母《かあ》さんがきて、ひとりでやっていらしたですよ。そしてね、引っ越しの車に、またその兄弟たちが、わっと乗ってゆきましたよ」

いわゆる大家、隣家の観察はきびしい。そして「お嫁さんは『ミスY市』だったのですって」と話がつけ加わった。「ミス隣」が引っ越して、ほっとしたというのは、年配もののくり言《ごと》かもしれぬが、そのくり言に同感したいのも私たち同じ年齢のものである。

おりもおり、昼のテレビの喜劇が、姑、嫁、息子の場面を見せていた。ドタバタの「出せ、出る」のさわぎであるが、その当人はこれまでの嫁でなくて、姑をよそに出せというもめごとであったが、意外にも姑が持っていた指輪があって、ことはおさまりかけたのに、その宝石の真偽ですぐまた、間柄がくずれるという、思えばばかばかしい筋のものを、笑いながらそれでも妙に身につまされて、見てしまうのが私たちの姑階級で、こんなに吹きまくる世の新風の、被害妄想如きにかかっていない姑たちはないようである。

「あなたは大丈夫のようですね、のびのびとやっていらっしゃる」と、姑暮らしの先輩、尊敬するF夫人にあるとき私がいったら、思いがけぬ返事であった。

「ダメ、私もカメの子みたい。ひとりのときだけ、ふっと首を出すようでね」

似た年ごろ、同じ境遇の話のふれあい、お互いの敏捷《びんしょう》な受け取りかたはかなしいほどである。

縁側にいるうちのネコたちの耳が、ぴんと緊張すると、その視線の向こうにはかならずよそのネコがいる。イヌを連れて夜道を行くと、行く先々の垣根《かきね》、高塀《たかべい》の内からも、そこのイヌが感づいて吠《ほ》える。自分たちのことを、こんな同種同類のすばやい感じあいとは思いたくないのだが。

残り糸

吾や子の話題を持たずいわし雲　　　　巨代

これは私の俳句雑誌「風花」の最近号に採った句であるが、子を持つ人の聞けば聞くほどかわいい子のはなしやたのもしい子のことの、それこそ尽きない話題の前に、かえりみて子のない自分の寂しさは、いわし雲さわやかに、何か遙々とした思いを誘う日に、なおさらつのる寂しさだという。この人のほっそりした後ろ姿が見えるようで、ひどく切なくなってきたのだった。

ほんとのことをいうと、私はこんな切ない句に出逢《あ》うよりは、子ども持つ母の苦労をのべた句のほうが却《かえ》って気が安らかである。子どもたくさんの手まわりきれない忙しさ、子ゆえの辛苦をどんなに述べてあろうとも、そこにはまた、みずからなぐさむもの、母としての誇りごときも感じさせられるので気楽である。

れんげ畑歩きそめたる子もまじり　　　　ゆきの

春の野に嬉戯《きぎ》する子どもたち、れんげ畑のあの厚い花のしとねにとび込んで遊ぶ子の中のもっとも小さい子、見守るのが、この句の作者であり、この子の母に相違ないと想像したのだけれど生まれてこの方、寝ても醒《さ》めても心はなれぬわが子の成長ぶり、母親としてのよころびの段階の一つは、この時期ではないかと思ったものだった。

毛糸編む育ちし子等の残り糸　　　　文子

どの糸にも思い出がからむのである。ケープの毛糸、セーターの毛糸、みなわが子のかつての日々がそこにのべられているのだった。まったくそれは子を育てた——否、子が育ってくれた日の思い出の残り糸であり、わずかにそれにすがる母の心のように思われて、母親としてのさみしさが身に沁《し》むのである。

私は娘によく、「手のかかる子どもを持つ時代がほんとは一番たのしいときのはずだ」と言ってきかすのだけれど、娘は不平のようである。それもよい。大変女々《めめ》しいようだが、とにもかくにも、手許《てもと》に、わが子を引き寄せて置いていい日々のよさを思えと私は言いたかったのであった。

母吾れをわれ子を思ふ石蕗《つわ》の花

これは私の句、わが子を考え、わが子を案ずるとき、かりそめにも、母のことをおろそかにしていはしなかったかとそれを怖《おそ》れたのだった。私はここで話をもとに戻したい。娘にもいろいろ聞かせたい。子の話題持つ有難《ありがた》さを知るようにと。

紙巻きの白さ

母が七十いくつかのときだった。私の顔をぬすみ見るようにして「タバコのんでみようかな、たのしみになろうけん」といった。父に別れてだいぶん経《た》ってからのことである。父に気兼ねをしていて喫《の》まないでいた母かと、いたいたしい気がして「それはいいことです、ぜひ」とすすめたのに母がまた言った。

「馬鹿らしいなァ、今さら金かかるのに」とさっさと希望のきざしを自分で打ち消した。

私はさからうわけにもいかないのだった。これはもの哀《がな》しい私のタバコの思い出である。

私もタバコは吸えない。しかしあこがれみたいなものがある。

少年のかくれ莨《たばこ》よ春の雨

更衣ひとの煙草の香の来るも

なんだか自分では過ぎた日が出ているのでなつかしいが、おかしくもなる。はじめの句はまだそんな少年が目についたのも、私の息子《むすこ》たちがまだ幼い日のもので、あとの句に、私は当時いた横浜港の海光をやはり思う。

秋灯や莨《たばこ》は指に真っ白に

これはたしかにタバコたしなむ女人へのあこがれの句である。あの白い紙巻きを持つ手つきのよろしさ、その魅惑ゆえに、私も喫んでみようかと決心した日のある思い出もたのしい。

早発ちの莨投げ捨て月見草

この年になると、自分ながらどうでもよいタバコのようでおかしくてならぬが、その日買うぴんと角張った「ピース」や「光」の箱の手ざわりはうれしいだろうし、封を切る馴《な》れた手つきも目についてならない。まして一服のすがたのよろしさ。

ただ先ず一服の友人を待つ間がもどかしいとき、それは私のおろかな気急ぎのときだ。
マッチ、ライターを近づけるときの顔はだれでもよい。彫り深い顔である。

舗道の蝶《ちょう》

新宿の某デパートから、俳句にちなむ衣裳《いしょう》を作って見たいとの相談をうけた。私はすぐ蕪村《ぶそん》の句を思い浮かべた。といっても製作はその道の専門家の手になるわけだが、でき栄《ばえ》を私はたのしみにしていた。いわゆる俳画風のものでは、現代の若い人には受け入れ難いかしれぬ、それを抜け出してなお、蕪村を生かして欲《ほ》しいと心に願っていた。

金屛《きんぺい》にかくやくとしてぼたんかな

などはその道に手がけた人ならではの図柄がうち出されていた。

しら梅や誰《たが》むかしより垣の外

この句につけた建仁寺垣《がき》の意匠の冴《さ》えにしても、私は長年の技《わざ》を持つ人たちに敬服した。私は私の好きな蕪村の句を選び出しただけで、その先の、きものとしての華《はなや》かな工夫の拡《ひろ》がりには圧倒される気がして、早々に会場を出て来たのだった。

どこの駅もそうであるけれど、新宿駅はことに人を急《せ》かせすぎるようだ。一刻も早くと改札口に追いやられるようで、ほんとのこと、駅前の広場に植え込みがあるかないか、ちょっと思い出せぬ。

小さな買物を忘れて、通りへ引き返す娘を、私は駅の前に出て待った。ほんの少しばかりの待つ時間は、もうけもののような気楽さであった。

久々につづく秋日和《びより》に人足《ひとあし》の軽さ、車の多さ。ぶつかりそうにやって来る車のあいにひらひらと舞い落ちたのは黄色のビラ。車のあおりでビラは落ち葉のように舗道を走った。横手の待ち自動車の運転手さんは、暑いほどの日和に上気した頬《ほお》で車内を出て、この人は赤いビラを両手にひろげて読み入っていた。私の足もとに落ちていたのは青いビラ。なるほどさまざまなビラの、読もうとせぬのだが、乾《かわ》いた舗道に踏まれ汚《よご》れているのは気になる。

真向こう側に大型バスが降ろす人数の多さ。そのどっと横断して来る人たちの中に、思いがけずに白い蝶《ちょう》がとんでいた。蝶は人波をくぐって低くとび、さしかかる自動車さえも見事にかわして、私の側に移って来た。

秋深まる日の好晴は、雑踏の新宿駅頭にも蝶がとび、それもふしぎなほど汚れのない白い蝶であった。それにしても蝶を見つけた心持ちには、さきに見た蕪村の「牡丹散てうちかさなりぬ二三片」につけた、黒地に華麗な染めの花弁のぼかしの色が私につきまとっていたせいかもしれぬ。

赤電話

槙《まき》の秋芽が美しい。私は槙の木が好きで、庭に一本だけそれを植えてもらった。目立たない木なのに、今ごろになると、ちょっと追羽子《おいばね》を思わせる新芽をひろげる。夏いっぱいの我慢が、この芽を作ったような鮮《あた》らしさである。

たまたまかかってきた電話は、何年振りかの友人であった。よみがえる声の記憶のうれしさ。調子高い声を忘れるほどに逢《あ》わなかったと思えば、来てくれるという人を、待つ心も深い。駅前の赤電話を借りているという。

近ごろ方々に電話ボックスが建ち、店先の赤電話もふえて、絶え間なく人が立っている。受話器は片手だけふさげばよく、話す表情をゆたかにする。夜などに、ぽっそり話をしている家妻の背は、背中そのものが、世話ごとを告げているようだし、若い人たちはからだ全体で話している。打ち込むような言葉、ひそめる声、そして莞爾《かんじ》と置く受話器は、よい約束をすませたのだろう。こちらも誘われてにっこりしてしまう。

電話は、一筋に先方の声を便りにす

るのだから、相手の声の素気ないのはやりきれない。こちらも一心に意を通じようと思うと、いきおい表情多くならざるを得ない。挨拶《あいさつ》ていねいに通話を終えるときに、お辞儀をして、額を打《ぶ》っつけたという話は人ごとではない。だれかに横から見ていられたら、私でも恥ずかしい。

それにしても公衆電話、後ろに待つものを気にしてくれる人は有難《ありがた》い。これはどうも中年のもの。若い人は、そんなエチケットを無視することで強がろうとしているらしい。それでいながら無視しきれない表情が残って気の毒である。

しかし電話は有難い。その人の声を肉声以上に伝えるようだ。まともな声、気のない声、けはいも知らせてくれるのである。

湖畔の秋

十月にはいり、避暑期の過ぎた山中湖はそれでも遊覧船が湖上を大回りにめぐっていた。こちら岸にも着きそうな横波のうねりである。それにしてもよくしたもので、どこからかの大型バスは、客を満載して、やはり船着き場近くにやって来ていた。遠方からの人たちに、今はひそまる山湖は、さびしすぎはしないかと、そんな気がした。二、三、貸しボートが出ていても、それも岸近くをちょぼちょぼと漕《こ》ぎまわる人たちである。

おかしなもので、夏の日の賑《にぎ》やかな湖は見飽かず眺《なが》められるのに、人気少ない山の湖は、まったく心を閉ざすというのか、冷たく青く湛《たた》えた湖面は何か目をそらさせるのだった。

湖よりも私たちには、ほんとにふりかけたようにそこらに咲く野菊が美しかった。そして木々にかぶさる野ぶどうの、ほんとに青玉とも紫玉とも見える連なりから目がはなされなかった。あけびもそこらの山荘の道にぶら下がり、烏瓜《からすうり》ものぞいていた。そしてぴったり閉ざしあう山荘は、まったくやさしげで、ひょっこりそこらに自転車の少女が現われたりすると、かえって冬眠しずかな山の空気を乱すものに見えた。

一度はという、昨年来の約を果たしに、私たちはS子の別荘をたずねたのだった。S子の山荘はなかなか大きく立派な木組みでもあったけれど、洗面所の隅々《すみずみ》までこまかに清めてあった。よい運動だとて、S子は拭掃除《ふきそうじ》もみずからやるという。

「それにね、ちっとも手がかかりませんのよ、第一、ここは埃《ほこり》がなくて、四、五日はいても足袋《たび》が汚《よご》れませんん。お掃除もらくですもの」

その清らかな空気の暮らしであっても、やはり女主人の心意気としか思えない小ぎれいさが家中に行き渡っているのだった。

三島から車を駆って——といっても甥《おい》の運転でT子がやって来た。東京で会うその人よりも、いきいきと気軽げなのは、なるほど三島からここは一息のところだったのだ。そしてT子は、私を自分の知っている、裾野《すその》の芒《すすき》の原へ連れて行きたく、気がはずんでいるのらしい。

T子の、金色に映《は》えていたという芝野に行くのには、甥の人にきけば時間が少なくて駄目だとのことで、湖畔を一周することになった。

湖畔村は、稲刈りの最中であった。

夕風立てばがたと迫る秋冷に人々は腰も伸べずに田に働いていた。

「あの家です、三浦環《たまき》さんが疎開しておられたのは」S子が思いついたように指《さ》した家は、あまりに風情《ふぜい》なく、湖畔に建つ二階家であった。

「そうです、お墓もそこいらにあったはずです」

そのお寺はすぐわかった。こうして思いがけずに名を聞くこともえにしである。行きずりにその人の墓地たずねることも、えにしだと私には思えてきた。

裾野の村人の菩提寺《ぼだいじ》、海安寺は古くよき構えの、由緒《ゆいしょ》ありげの寺であったが、やはりこの境内《けいだい》にも幼稚園が作られ、すべり台もできていた。

三浦環の墓標はすぐ見つかった。村人の墓地とは一段低く、やはりよそものの感じはいなまれない。前年に亡《な》くなっておられる母上の墓標と並んで、風雨にさらされた盛り土は形ばかりの高さになっていた。私たちは摘《つ》んでいた秋草の、ほんの二、三本を供《そな》えて拝《おが》んだ。

母上と並ぶ墓標が私にはせめてもの安らぎに思われた。

「ようございましたわね、お母さんのそばで」と私はそっとその人の墓標に告げた。

そのことでここを立ち去れる気がしたのだった。

翌日、私たちは、昨日より暖かい日ざしの山中湖に別れた。御殿場の町も秋晴れ、自衛隊の記念日とかで、古い町並みが浮きたって見えるのは、なかなかよいものである。

電車から見下ろしになる小山の町を、私は好きである。富士紡績をとり巻いた町は気安くて、歩けばだれもが声かけあう親しさに、かたまっているようだ。

先年の厳冬、私はここへ下手《へた》な話をしに来たけれど、その記憶よりは、夜の句会の寒かったこと、しかし熱心な質問に逢《あ》ったこと、そちらのほうの印象が強いのである。私の受け持つ新聞や雑誌の俳句欄に、ここのあの人たちだと思う句に出逢うと、私は記憶たのしくさぐってゆく。遠く、なつかしみつつその町の駅を通過すること、これしも、またえにしといえないものか。

鳥影

小鳥この頃音もさせずに来て居りぬ　　鬼城

私は秋になると毎年この句のよさを味《あじ》わい返す。まったく小鳥は声もせず音も立てずに、私の庭にもやって来ているのだった。頬白《ほおじろ》、鶸《ひわ》、紋付鳥《もんつきちょう》と、私はわずかに知る名を、ちらちらと飛び移る鳥影に、引き合わせて、その羽の美しさやかわいらしさを、たしかめようとするのに、小鳥はちょっともとどまってくれぬし、また、長くもいてくれぬのである。

ただ、小鳥の来る瞬間の、静かさみたいなものを、私は少し感づいている。何か私たちが、もの忘れしたような、歎《なげ》きも愁《うれ》いもふと忘れたような、瞬間に、何かのけはいがして、空の何処《どこ》からか現われて来ているのだった。そして小鳥を迎えた庭の木々の、目ざめたような色めきはどうだろう。こんなにも季節のよろこびを、携えていた小禽《ことり》たちであったのだ。

きょうは、窓の外が、妙に明るく賑《にぎ》やかだと思ったら、鵯《ひよどり》が二羽来ていた。もちの木をとび越え、椿《つばき》の枝にぶらり下がり、この鳥は無作法に声を立て騒ぐ。呆気《あっけ》に取られている間に、彼たちはまた、さっぱりと私の庭を見捨てるのだが、それでも鳥たちがいたたのしい余韻がしばらく庭面《にわも》に残るのである。

秋のよさを、私は俳句の仲間のきものに感じる。夏の間は、ほんとにだれも彼もが洋装で、「あら」と私がいってしまう人まで、洋服姿になり、それもまただれでもが着こなしておられる。きもの姿の私が、とり残され、あわれまれている気がした。残暑きびしい日もあったのに、秋冷来る早さは、句会の席に、笑顔を見せる人たちの打って変わったきもの姿である。よい色、よい柄あいのその姿は、にわかに親しい心持ちが、私に飛び込んで来るようで、うれしくなるのであった。

和服姿は、だれでもを別の美しさにするようだ。衿《えり》もとから身のこなし、帯の好みのさまざまも、急に見直される気がするのも、冷ややかさまさる日の、心持ちだろう。

おぼつかな挨拶恥ぢぬ秋袷《あきあわせ》　　たか子

若い女性と思ってもよく、それともまた、いつまでも気弱な人妻と思ってもよい。どうやら挨拶《あいさつ》はしたものの、そのあとにつづく悔《く》いごころは、だれでもが経験していることであるが、「秋袷《あきあわせ》」の着心地《きごこち》が一番それをたしかにする。

着ぼそりの衣紋《えもん》すなほに秋袷　　かほる

同じ題材にしていても、この句では、落ちついた年輩の人が浮かんで来る。「着ぼそり」はすなわち、誰彼《だれかれ》が姿やさしくなることであった。親しい仲の友人をさえ、見直す思いの、衣紋すなおな、その人のよき着こなしぶりも、秋冷にわかなる日ごろのことである。

さて、以上はきもの党の私の言い分であるけれど、同時に、このごろの若い女性たちのセーター姿に、私は見とれる。柔らかなセーターの、色どり、ピンクもグレーも、カナリヤ色もみな似合わしく、朽葉《くちば》色のじみな色さえ、それがなんともよく身に合う、若さに輝く女性たちである。

セーター姿は、からだの線を隠すようで、またそのことがなんともいえぬ女性の美しさを秘むるもののようで、見とれている私に気づくときがある。過ぎた若さへのそねみでも、あこがれでもない。私はあのセーターやカーディガンの、柔らかな温《あたた》かそうな感触に魅惑を覚えるのだった。

季節の足どりの早さ。雨の日よりも、晴れた日がいっそう冬への歩みを急いでいる。着るものを重ねて温《ぬ》くもるという、このあたり前のことが、身に沁《し》むこのきのうきょうである。あたたかに着ていれば、明日を恐れず、迎うる季節にかえって希望期待ごときものを持つのが私たちである。

一昨年の中国訪問の一日は万里の長城、八達嶺《はったつれい》に案内された。秋風ふきさらす長城の城壁、石階は塵一つなく清かった。北方の山脈はすでに蒙古というのである。途上、点々と見た家にすでに毛皮の服を羽織る人を見るのは、いかにも旅遠く来た思いがした。

国境の森閑と秋の裘《かわごろも》　汀女

まことに長蛇の如く、連山の尾根から尾根へ連らなる長城を置いて、しんと晴れ渡る空の美しさ、きびしさに、裘《かわごろも》そなえて、住みつく人たちが、ちょっとうらやましくさえ思えたのだった。

旅仕度《たびじたく》

雨は去ったが、梢《こずえ》を持ちまわるような風音は、ほんとに木枯《こがらし》である。旅仕度《たびじたく》、ちょっと家を明けようとすると、なんと用事が押し寄せることだろう。いささかの月掛けの生命保険の集金に、こんな忙しい日にとこぼしてみたら、思えば月末であった。取りまぎれているうちに、月末はまちがいなく来ているのだった。

鞄《かばん》に入れるものの、相談相手に、娘のところに電話かけたら、「乾《ほ》しものが沢山で、ちょっと行かれない」との返事。なるほど珍しい好晴である。あれもこれもと干したいもの沢山、それに欅《けやき》落ち葉のからからという音は気を急がすし、乾《かわ》くよい日当たりも昼すぎの短い時間であって、さてそのあとの忙しさ。

「駆け込みですもの」とある若い母親がいっておられたが、すぐかげる秋の日である。外出にも、気にかかる干し物、駆け込み取り入れて、ほっとして、すぐまたかかる夕仕度である。

俳句の季題の一つに「北窓塞《ふさ》ぐ」というのがある。事実北窓の風がもう、ぴゅうと寒い。それなのに、この高い横窓から見る空の色の美しさ。限るゆえの美しさであるのか。この北空を閉じ切ってのこれからの暮らしにはいるのは、もったいない気がするのであった。旅仕度は、女にはほんとうは家に言い残す用のほうが多い。払いのこと、ガス栓《せん》のこと、カナリヤの餌は、私ほどに気をつけてくれるかと、そこまで考えてくると、にわかに旅が億劫《おっくう》になるのだった。

手伝いさんが、乾いた足袋《たび》の裏返しを、もとに戻してくれていた。これは有難《ありがた》い旅仕度である。鞄にはいりきれぬ何や彼《か》やが、いくつか風呂敷《ふろしき》包みになった。風呂敷は重宝なものだが、困った格好にもふくれてくる。

息子《むすこ》の結婚式を、老母のそばで行ないたく、その旅行である。

「このついたちは何日なの」

「お母さん、何いってるの、ついたちは一日ですよ」

これは昨夜の息子との対話。子を結婚させるあわてぶりだと、私は自分に言いわけをするのだった。

火口にて

雨にぬれた阿蘇《あそ》の火口は、暗灰色に妙にしっとりとしていた。先年見た褐色裸身の形相とは、まるで別の山容である。先ごろの大爆発につづくヨナの堆積《たいせき》がこの色となり、破壊

されたままの山上の建て物も、ここの荒涼たる眺《なが》めのなかでは、そう傷《いた》ましく思えないのだった。休憩所にはすでに地鳴りがとどろいていた。

ついそこの登山道路までは霧たちこめて、風がないと思ったのに、ここではにわかな風に大粒の雨がぴしぴし吹きつけた。私たちもその一員であるけれど、この天気にずいぶんの遊覧客で、どれもみな若い男女、登山禁止の立て札などちっとも気にせず、赤い靴そのままで、ヨナを踏み渡って、火口壁に近づいて行く。

大爆発は左手の第一火口。褐色のヨナ煙と、真っ白のガスとの二つの大噴煙が、もつれつつ相交じわらずに突っ立つ。きょうはきのうよりも静かな噴火というのだが、ごうと大きな地鳴りして、明らかに岩石が飛散する。

ここでも写真屋が三脚をたてていた。

「大雨が降って、四方のヨナが流され、火口をふさぐとまた爆発します。あっちが第五、第六、第七まで火口があります」

足もとの地鳴りの中で聞く説明は神妙に聞かれ、その親切さをよろこんでいたら、それは写真屋呼び込みであり、私たちは、いつかカメラの前に並ばされていた。あせた背広の老写真師が私どもの連れに言葉をかけている。

「あァたは熊本のFさんですな、お若っかときいっぺん写しました」

五十を越したFさんは苦笑した。

写真師は私たちにポーズをとらせて置いてから、

「ちょっとお待ち下さい。煙ばとり入れますけん」

と斜《は》すに吹きつける雨にさらすのであった。待つ間もなく噴煙は、約束ごとのように、またごうと息吹き返した。写賞師はここぞとシャッターを切る。また石噴き上げるだろう火口を、私たちは背に感じた。

火口に四十年の、記念写真をつづけているという老人の、しわ深い顔は、そのままのヨナ色になっていた。噴く日、静まる日、商魂もさりながら、日々刻々変化する火口を、恐れもし美しいとも眺《なが》めて老いた人であろう。

悪《わる》か猿

生まれてこのかた、阿蘇山は東の空に、南へかけて裾《すそ》を引く格好に横たわっていると思いきめているのに、豊肥線は阿蘇をさまざまな形に変えて進む。また見直す、こころときめくよい山のすがたであり、思いがけぬきびしさでもある。そのすべてに引きつけられるのであった。

豊肥線は、まったく間遠にしか通わなかった。

　冬座敷ときどき阿蘇に向ふ汽車

伯父《おじ》の家の、大きなタブの木の下の座敷から眺《なが》めたその汽車が、今でも同じように走っているようだが、近年は、北九州循環準急「ひかり号」がさっそうと通っている。遥《はる》かと思っていた別府も一足である。

別府では、温泉にはいるよりも高崎の猿《さる》山に急がねばならない。

「いま四、五十匹出て来ているそうですから」

「はい、それではすぐ」

まったくあわてて宿を出て車に運ばれ、私はその年、八十六になった母を連れていた、その母の手をひっぱるようにしての猿山行である。

入り口にずらりと並ぶ土産店《みやげ》——ここで猿の餌の南京豆やみかんを売っている——その中の一、二を買えばひどく行く手が急がれるのだった。

さて、たしかに呑気《のんき》に、行き手に逢《あ》うべき猿を心に歩いていた私の裾《すそ》を引っぱるものがある。そしてあっと思うとき、私は右ももをがっと噛《か》まれていた。

大きな猿が私の左裾にしがみついていた。私が手にしていたみかん袋を投げ出そうとしたら、前の土産屋さんたちから声がかかった。

「やらんで下さい、やらんで下さい、悪《わる》か猿です」

それでいっそう私がとまどっていると、猿はだれかが追ってくれ、若い女の人が来て、引っ張って行かれたのは、これはまた売店の一角、「救護所」の札があるところだった。

傷は膝《ひざ》の上のあたり、着物の上からなのでたいしたことはなかった。でも彼の背の高さの場所であり、口を開いた大きさの歯あとがついて、痛かった。連れの友人に引かれて、先に歩いていた母はなにも知らなかった。

猿への土産(?)は隠して持たねばいけないそうで、現物あらわに持てば、あぶないことを、救護所で聞いた。

これは山の入り口で教えて貰《もら》いたい心得である。

「悪か猿」は仲間はずれの男猿、奥では餌にあずからないので、入り口近くやって来て、「悪かこと」をするよし。それだから餌をやらないとの話だが、彼はそのためでもあろう、隙《すき》を見て、売店のものをごっそり盗んでは梢《こずえ》に飛びかくれる。手に負えない猿だと、売店のおばさんも私に訴えた。

母はしんから猿山をよろこんだ。奥山で「あの赤い顔のが親分だそうです」と教えられた猿よりも、ベンチのそばの親子猿をうれしがり、母の肩にのって来る少年(?)猿を、なんともいえぬたのしい顔をしてふりかえっていた。

汗ばむほどの秋晴れの日であった。猿寄せをこんなに喜ぶ母に、私はちくちく痛むももの傷を、気づかれぬことがうれしかった。

こういうことで、私は、きものを掴《つか》んで放さなかったあの猿の顔を何かよく覚えている。驚きはしたけれど、憎む気はしない。

「あの悪か奴《やつ》は、捕《つか》まえることになっています」

と、売店のおばさんがいったのは気の毒である。彼の歯あとはずいぶん長い間、消えなかった。

積荷

別府を出たこがね丸から、さし交《かわ》すような岬々を眺《なが》めているうちに、晩秋の海の暮れ易《やす》さ、そして、夜のほうが好きだといわんばかりの船脚《ふなあし》である。ほんの、かりそめの船旅なのに、港に着くのはうれしい。船中がさわがしくなり、今までからだを持てあつかっていたような若い船員さんたちが、がぜん元気になって、ぱっぱっと手カギを使っての荷の上げ下しが私には目ざましかった。松山港。船室への廊下にまではみ出す、蜜柑《みかん》と柿《かき》の、レッテル派手な積み荷は、心をたのしくさせた。

横づけの甲板《かんぱん》めがけて、桟橋《さんばし》からは必死の商売が始まっていた。網入りの柿をぬっと差し出すたくましい男の手に、私も急《せ》き立てられて買い取ったが、間髪をいれず、また次の袋が差し出された。ついまた釣られて受け取ったところ、その隣に老婆二人が、それこそ思い詰めた顔つきで手をさし上げていた。波にあおられ上下する船の手摺《てすり》に、その老婆の手が見えかくれする。買わねばならぬ気になって、私はその柿も幾袋か受け取って気がつけば、抱くほどの始末となった。

ふるさとの月の港をよぎるのみ　　虚子

松山は虚子先生の故郷である。先生のこの句をそらんじてから久しい。桟橋に長い時間とどまった気がしていたのに、わずか十分間の寄港だったという。それならばと、あの土産《みやげ》もの商《あき》なうはげしさもうなづけてきて、潮風冷たく吹きつけていた老婆の顔が、なつかしくさえ思い出されるのであった。

ただに見て過ぐ町に、港に、いっそうの情を覚えるのが、旅というものであろうか。内海の、それもおだやかな夜であっても、船に馴《な》れぬ私には、夜の海は暗すぎる。しかし、文字通り波を蹴《け》立てて進む船に、海は寄りそい従うかに見えた。

次の「いまばる」と一つ大きなネオンを掲げた港は、いよいよ夜も深む雨の中に埠頭を延べていた。

船見送り寒がり立てる雨夜かな　汀女
秋の雨乗船もすぐ終りけり　同

短冊《たんざく》の一句
――しおんの思い出――

私は高浜虚子先生の古い短冊《たんざく》を大事にしている。

「秋来ぬと六尺立てる紫苑《しおん》かな」という句で、まだ私が国にいるころ、三十五六年も前に、人から貰《もら》ったもので、私としてははじめて、虚子先生の筆跡に接したのである。先生の字は、さすがに、若く伸びやかである。

たしかに紫苑とは六尺高く咲く花、杏、咲くべき花と、私は思い込んだ。そしてその高さにある花を心に描いておれば、あちこちのその花にぶつかるのである。

そこの農家の籬《まがき》は美しく刈り込んであった。

小川の水は、その横の垣根《かきね》を目がけて走って来て、おとなしく垣に添う。ひと所垣根が切れて、そこには濯《すす》ぎ石があり、そこらではことに水が綺麗《きれい》である。チラチラとタナゴがかすめ、水すましがやって来るのは、いつ見てもたのしく立ち止まらせるのであったが、そこの門近い一郭が花畑で、おいらん草はあわれに花は過ぎ、ポンポンダリヤの勢いのよさ。しかしなんといっても紫苑の背の高さ、こうした花を咲かせるのにも、農家は、おのずからなる工夫がそなわると見え

て、花たちはすくすくと育つのである。こんな農家の庭はいつも美しいと思う。広々と何もない、いつも使われ掃かれた庭の土そのものの素晴らしさに、私は見とれる。

私は、期待以上のこの家の紫苑の丈《たけ》に満足であった。しかし紫苑は、なんといっても一つずつはさびしい花である。相寄って、あの紫を濃くして秋空に対する花である。いつか私はこの花を壷《つぼ》に挿《さ》そうとして、一茎の寂《さび》しさにおどろいて、急いで二、三本の花を、同じ高さに寄せてやったことがある。その賑《にぎや》かさは私の思う花ではなかったのだ。

また次に私の思いは、九州のT子さんの庭に飛ぶ。T子さんは花好きである。あの花苗、この種類と、せっせと庭に植えている。たまの帰省にT子さんを訪ね、そこの縁側にすわるのが私のたのしみの一つであって、座敷に設《もう》けられた座布団《ざぶとん》を、私が移そうとすると、T子さんがあわてて止める。それが縁側に出るのだとわかると、T子さんは安心し、そしてまたうれしそうな表情を見せるのだった。

縁側に入れてあるゼラニュウムの鉢《はち》は年中花を持ってるらしい。天草海にのぞむ網田《おおだ》の海浜から採って来たという浜木綿《はまゆう》を、ついにフレームもない庭で、かばい終わせたことは、この人の自慢である。ここの紫苑もぐんと高かった。T子さんがまわりの花の手入れをする日々に、紫苑はやすやすと好きなだけ伸びたにちがいない。だれかとのやはり話のついでに、「あら、私のところの紫苑ももう咲いたわ」などT子さんがいうそのとき、T子さんの瞼《まぶた》に浮かぶこの花の丈とその好ましい花の色のことが、私には十分想像できるのだった。

T子さんはじめ沢山の友達、それも俳句につながる親しい友達がいてくれて、私はいつも恵まれた帰省の日を過ごす。しかし、T子さんの花壇にやってくる蝶《ちょう》の多さ。ことに低く飛びまわるあの薄紫色のしじみ蝶は、妙に秋のしずかさをまとうのであった。こうしている間にも、私には離郷の日が迫りつつあるのだった。

「ああ縞芦《しまあし》ね、じゃあ今度いただきに行きますよ」

とT子さんはたのしげにまた仲間と話し合っている。故里に落ち着くもののよさ、ここを思うわが庭を守る人たちの安らかさに、私はねたましさを覚え、ふる里をあとにすることのひけ目らしきものを感じたのだった。

霜除《しもよけ》をとりしは昨日牡丹の芽
嫁《とつ》がする日ぞゼラニューム色きそひ

こんな、ほんとに手を下《くだ》した花とともにある句を作るT子さんは、先年の大洪水に見舞われた。大雨、阿蘇山を削《けず》りとって流れ出した泥土を伴う出水は、T子さんの家を浸し、花壇も埋めてしまったのである。

階没しゆく洪水に深夜の灯

T子さんの作だが、さて、そのあとの泥土を掘って家をととのえ、花壇もまたもとへ戻したという。

「いつ行っても、家の中はちゃんと片づけていらっしゃるし、きちんとしておられます。花の世話もあの通りです。それにね、俳句の仲間が伺うと、これもいつまでも相手してくださるのです。感心します」

これはやはり仲間のKさんの、T子さん評で、私にもすべて同感である。いつか、私の老母も、T子さんのきものの着こなしをほめていたが、この人の細身、行き届く世話事、じみでいて、思わぬ派手な柄のきものも着こなす人柄など、ほんとに紫苑を思い出してくるのは、今、私にはちっとも無理でない。ほんとだと賛成してくれる彼《か》の地の友人たちを、私はうれしく思い浮かべている。

寸法書

久しぶりの秋晴れは、ありがたい。乾《かわ》かさねばならぬものの多さ。しかし雨のあと、欅《けやき》はもう手のほどこすことのできぬ枯れ色の葉となった。きょうの晴天を喜ぶには、あまりにすがれた枝葉である。それにひきかえ、台風が残した十個ばかりの柿《かき》は、めっきり艶《つや》めき色づいてきているのだった。

晴れると、私のまわりは、ブザーばかりのようである。小田急と井の頭線が、ひっきりなしの警笛の筋を引く。そのひまに方々の踏み切りのベルが鳴る。ごうと通る車両の音も、これまた大きなブザーであり、ギャンギャンと、立ち上がって吠《ほ》え立てるお隣のセパードは、私たちにもちょっと恐《こわ》いブザーである。しかし塀越《へいご》しに、私たちも彼の警戒に、大変依頼しているのだった。

近所に住む孫の男の子がやって来ると、この子は特別の調子で「開《あ》けて」と大きく呼ぶ。なるほど表も勝手も鍵がかかって開かないのである。しかし、この「開けて」を聞くと、みずから閉じ込められた格好で暮らしているのを知らされる。

この中で今年も、まったく不意と思う、朝夕の冷えに、私たちはあわてて身にまとうものを捜し、おかしく重ね着した。羽織重ねて、肩あたたまるとき、一番季節のきびしさを知り、着るもののよさ、ありがたさを思うのだった。

古いメモ帳を失《な》くしてだいぶ経《た》った。その中にあずけて置いた心がいくつかあるようで、表紙の破れた古ノートを、よく思い出していたのだが、昨日の押し入れ整理の、思わぬ反古《ほご》の中にそれを見つけた。めくっていたら、母上寸法というのがあった。

「羽織丈二尺二寸、袖丈一尺二寸、袖巾八寸五分、前下りなし」前下がりがないのは、腰曲がった母のためである。

晴れれば晴れたで心急《せ》く冬支度《じたく》に、身丈袖丈詰まった老人の着物の寸法書に、私はしばらくノートを閉じかねた。その傍《かたわ》ら、庭隅で反古紙は燃やされ、軽い炎を上げていた。大事と思う紙片も一年半年すれば、燃やしても惜しくない決心がつくから妙なものである。

地階売場

雨の遠足、春時分だと、ビニールかぶった小学生たちも、まあまあと思って眺《なが》めるけれど、秋雨の日の遠足や修学旅行のビニールふろしき被《かぶ》ったのは、こちらが寒々としているせいか、気の毒で見ていられない。子どもたちを、その行事に送り出すまでの、親たちの苦労が先《ま》ず胸にとびこむ。

もう昔のことと思いたいが、昨年のような気もする。終戦後のまだ間もない秋、たしかに雨も降っていた夕暮れに、また郊外向けの私鉄の故障、駅の群がる人波を制する駅員に向かって、だれかが叫んだ。「早く帰りたいんだよ」一応皆はどっと笑った。しかし、ふざけた調子も感じられなかったその言葉が、私は今も忘れられない。

短くなった日の夕方と夜との境目の、都心はなれた盛り場のあわただしさはなんとたとえたらいいかしら。追ったてられるような人足《ひとあし》の中を自動車が走り抜けている。時雨《しぐれ》でもこようものならまったくさびしい人々の表情である。

でも、こんな時刻、デパート地階の食料品売場は、まだごった返しである。一歩ここにはいれば、あらゆる食品、否、それよりもあらゆる既製品が並んでいる。揚《あ》げもの類はいわずもがな、卯《う》の花が、青味も刻み入れて炒《い》りあげてあるし、その隣には、ひじきもおいしく煮《に》上がっている。惣菜《そうざい》こまごまと、いたれり尽くせりの揃《そろ》えようは、ありがたい気もするけれど、女の持ち場を侵されているような味気なさも覚えるのだった。

時間かけず、手間とらぬ、こんな食品売り場の重宝さ。現に「あら、こんなところでお目にかかって」と

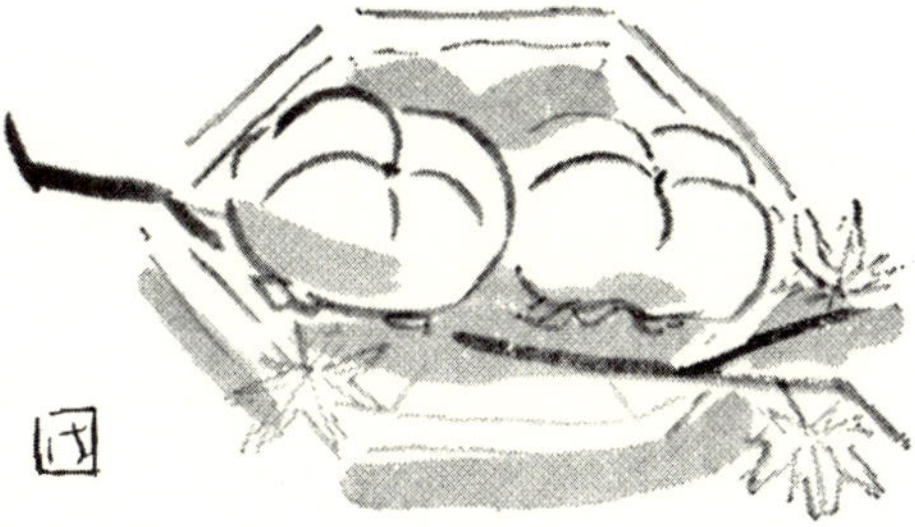

いったのはHさん。勤め持って、二人の子を女手に育てていられるのだ。ここならばHさんに間に合うと、何か安心しながらも、私にはあまりにととのう売り場であり、攻め立てられるような、たくましい商品群である。

閉店時近く、店員さんは落ち着きなく、片手で売り場を片づけはじめているのに、心急ぐ客の買い物はつづいている。

外に出ると、もうとっぷり暮れた街《まち》から、時雨が斜めに吹きつけるのだった。

茸籠《たけかご》

朝早いお使いは、紺《こん》のスカートの若い娘さんで、松茸籠《まつたけかご》を届けて下さったのである。名刺に書いた達筆の美しい文句はK夫人、この朝の早さも、きびきびとしておられる夫人ならではである。ずんぐりと、ひらかぬ頭、それさえ茸はなんともいえずかわいい。高価と思い定めて、それでいて、やはり出あわねばさびしいのである。Uさんは、また毎秋一籠の松茸をとどけて下さる。でもこの人ははがき一本書かぬ人であって、あの縄《なわ》を十字にかけた籠が、よい香を放って、私の厨《くりや》に着くと、私はUさんの機嫌のほどをしのぶのであった。

私はあの茸を作っている歯朶《しだ》が好きである。秋山の晴れも、見晴らしも、この歯朶が教えてくれている。松茸の根につく土は、なつかしい故郷、京の色の土だと、そんな俳句を、私は見たことがある。

堪えよとて朧夜の道送りやる　　菊

里帰りして、涙こぼす娘に対する母親の悲しみだと、私は断じた。婚家へさとしかえす母の心、娘よりはもっと悲しみに沈む母心が、私にもひびくのであった。

話がわきにそれてしまったが、女の生活とは、思えば、嫁した家と、実家との心のつり合い。その中に、濃く淡《あわ》く、浮き沈みする月日と思われてならぬ。

ほろりとなりかけた感傷を、夫にも子にも隠して、厨仕度急ぐ人妻を、私はなつかしんだが、女には、実家というものが、いつになってもつきまとう。

「芦《あし》青き堤を一と日里帰り」など、いそいそと暑く遠い道を、実家に急ぐ人であるし、心のよりどころ母の家の遙《はる》かな木立《こだち》も見える途《みち》であろう。しかし実家たずねは決してよいことばかりはないのであった。むしろかなしみ、ぐちの持っていきどころである。

めっきりと秋深まって、日が短くなったせいか、夕雲の美しさは沁《し》みるようである。

松茸ご飯がおいしくたけておれば、この秋に満足するし、青い間引き菜が店に出れば、それにも心はずむのである。

私は黒い畑土に、ぞっくりと芽生えた冬菜を見ると、いつも人の世のよさを感じる。

処女作

O夫人に逢《あ》うとかならず南米の令息の話が出る。案じる夫人の心持ちがよくわかって、

「近ごろは飛行機ですから、ちょっと行っていらっしゃいませ」

としんからそう言った私に夫人はきっぱりと断わられた。

「逢ったってすぐまた別れねばなりません」

もっともな話である。その別れよりは、遠く思いやり、しのびあっているほうがどんなに安らかかしれないのである。

夫人はその地の知人が、令息の消息をこまごま書いた手紙を手提《てさげ》から出して、私にも見せて下さった。末尾にその人の俳句も書いてあったが、私には欲目でなく、手紙より、俳句のほうがよっぽどその地のことがわかる気がしたのだった。

きょうはまた、届いた手紙の中にうれしいしらせがあった。

――「山茶花《さざんか》に娘を訪ふ道の楽しさや」これは先生の「風花」誌上の添作実例の中にあった一句でした。

私もちょうど同じ誌上に「ここもまた山茶花の花母を訪ふ」を採っていただいていました。ところが何日かたって、それが私の母の句と知った時のおどろき、よろこびは、ほんとうになんと申してよいか、胸の中がじいんとしてしまいました。今まで「風花」はつづけて読んでおりました母ですが、句は出来ずにおりました母の処女作だったのでした。母は私にだまって投句していたのでございました――

今度は私のほうがじんとなってきた。わが娘をたずねる母の軽い足どりに、山茶花の色は映《は》えて見え、娘は娘で、母に逢《あ》いにゆく心のはずみを、次々の花が迎えているといえようか。私はうれしい手紙を前に想像をひろげた。

「お母様の俳句でしたね」という娘に対して、母上は恥ずかしがられるだろうが、うれしさはかくされないだろう。娘のほうも、じいんとしたという胸の内のことまでは、母には告げまい。めったな言葉にのせれば、大事なものが消えて行くと思えるのだから。

二階の居間

そばで雑誌を開《ひろ》げていた友人が突然「あ、あ、あァ」と声を出した、その調子は私もよくわかる。「あァ」の一つずつに思い出す用事があることだ。

それにつれて、私にも思い出す――出さねばならぬ用事の多さ、気がかりなことの押し寄せるのに、つい、顔見合わせて笑ってしまったけれど、後《あと》引く思いの拭《ぬぐ》いきれないのは、このごろの日のつまりであろう。

雨一過たちまち暗し秋の暮

この句ができてから、もう一月経《た》つ。目に見えて短くなった日であるし、どっと押し寄せた秋冷の暗き日は、はがき一枚書くにも気乗りせぬのであった。

しかしまた、そんな日の翌日は、まるで嘘のような秋晴れである。私の窓にも、実に早々ともずが鳴く。朝空四方を、わがものの声の張りである。「やってるのね」とつい私も笑わずにおれない。そこへ、パンパンパンと花火が揚《あが》る。なるほど運動会の秋である。そ

の方角は「何々学校」だと心に思い描くのは、毎年ながらなかなか愉《たの》しい。やがて風に乗ってレコードも流れてくる。どんなに、子どもたちがうきうきと顔かがやかせていることであろう。梨《なし》むいてやっているひまも、子どもが落ち着かぬといった運動会の日を詠《よ》んだ仲間の俳句があったが、それも照りつける暑いほどの秋日和なればであり、家にいても、心かろがろとそれぞれの仕事にはげむ一日なのである。

しかし、こんな晴れた日に、また、樹々《きぎ》の落ち葉はしげくなっている。欅《けやき》の落ち葉も好晴の日にはげしい。私は二階に居間を移してから、樹木と別な親しさを増した気がする。松の葉のひろがりのよさも近々と眺《なが》めていっそうよく、青桐《あおぎり》の枝の伸び、たくみな葉の茂りも二階から見てはじめてわかった。嵐めく日の夕立ちに雀《すずめ》たちは実に巧《うま》く、風向き避けて、青桐にたのしげにくぐり込んでいた。風にあわてるのは私たちばかりだとよくよく知ったのもその雀のようすからだった。落ち葉した木々は、それなりにまたよき形、よき姿をととのえているものである。そしてその梢《こずえ》にはやがて、やはり美しい冬空が支《ささ》えられるのである。

今朝《けさ》、庭に咲いたという、大輪のダリヤをもらった。ピンクのその花はまるで牡丹のようで、たのしんで壷《つぼ》に挿《さ》していたら、郵便屋さんだ。

「在京中は一方ならぬお世話さまになり誠にありがとうございました。式後北海道旅行を終え一昨日一応落ち着きましたものの、慣れぬ土地の寮生活で気苦労もございます――」

これは若い仲間の結婚後の手紙。会社が退《ひ》けてから、句会に欠かさず出た人だった。新婚、落ち着いて句を作るまでには、ちょっとひまがかかるだろう。それも結構だ。私にもうれしいこんな便りと同時に、一つの電話は、母の死を知らせる娘さんからであった。

入院中の俳句が、毎週つづいて寄せられていたが、「虫干を済ませ身軽し手術せむ」という句があって、気にかかっていたその人の、手術後の急逝《きゅうせい》を知らせる電話であった。遂《つい》に逢《あ》わないままの人だったが、句の告げるものの多いこと。気がかりはそれゆえによけいに深いのであった。

秋と私

《自句自解》

秋草のみだれに人をかばひつつ

芒《すすき》、萩《はぎ》はもとより、名もない草も思いのままに茂りあって、やがて花をもつけるのが秋である。裏山の径《みち》はありながら、やはり草をわけくぐるごとく、先立つ友人に、私はだまって従った。だまってついていくことが、その友への親しみと感謝の気持ちとなる気がしていた。まだ穂に出ない芒の青く、山帰来《さんきらい》もよけて歩いた記憶、涼しすぎたと思うのは夕暮れどきだったろうか。

霧生《あ》るる夕ひとときの人通り

これも夕方と夜との境のとき。いつとはなしに野にかけ人の門《かど》にかけて、白く見えそむる霧は、心の隙間にしのび入るような現われようである。
そんなひとときに、家路に急ぐ人たちが何人かつづいて通るのであった。そしてまたあとは人影乏しく、霧も濃《こ》くなり、夜に移るのであった。

秋蝲《かや》に見るべき夢もなき如く

見たき夢もありながらとつけ加えてもよい。しかし一夏の疲れといおうか、日々の雑事の果てにくぐる蝲に、身を横たえれば、そこにすべてを忘れて眠る――眠りたき思いが私たちではないかしら。秋蝲はそんな思いもつつんでくれるようである。

コスモスの夜の花びらの冷《ひ》え渡り

庭先のコスモスの花を引き寄せて、ふと手にふれたその花びらは、ほんとに「冷え渡り」というほかはないしんとした冷たいものであった。夜の露けさ、秋冷《しゅうれい》をその花びらが私にしかと伝えた。

秋風や船の炊《かし》ぎも陸の火も

橋の下から河岸へかけて沢山の艀《はしけ》がついていた。一斉の夕仕度で、こんろには火が燃え女たちは屈《かが》みこんで一心に炊《かし》ぐ姿ばかり。秋風はその炊ぎの火を吹きなびかせていた。しかし見れば陸の家々も同じような夕餉《ゆうげ》の火が、裏戸のあいまにのぞかれるのだった。秋風吹く日の夕暮れのわびしささびしさが迫ったのは、よその炊ぎを見たせいであったろうか。

泣いている子を伴えば稲雀《いなすずめ》

泣いている子はわが子でもよその子でもただ気になって、泣き止んでもらいたい。「さあさあ」となぐさめて、手をひいてやればいつか稲田《いなだ》の道に出て、私たちを見つけた稲雀たちがぱっと飛び立った。いつか泣き止んでいた子の頰は涙によごれたままだが、いっしょに稲雀を見送り、稲穂の波を眺めていればば心晴ればれとなっているのだった。

朝寒《あさざむ》や厨《くりや》もすぐに片付きて

身のひきしまる朝寒は、いっそう仕事を片づけたいものである。慣れた手順の食後のかたづけ、勤めに出るものは出たあとの、てきぱきと掃除までも済ませ、さてあとの暇、そのさみしさといおうか。

きれいにしすぎた厨辺になお残る朝寒に、冬の先ぶれを思わずにおれないのである。

人波にしばしさからひ秋の暮

人波にしたがうのは気安いが、さからうことは妙な抵抗があって、さびしさも感じられるのだった。しかしさからう人波とてもしばらくであって、そこを抜ければひとりきりの道の幅、秋の夕暮れの色はそこで急に深まっていたのだった。

朝鵙《もず》や尚これよりの露葎《つゆむぐら》

鵙《もず》の朝は早いようだ。しらじら明けのあの勢いよい声は、今日の天気をしらせ、今日一日の期待をももたせる気がする。この朝も、——いつものきまったような東南の木立の空に、朝靄《もや》つんざくその声を聞いたのだが、まだ足もとの草むらは、朝さめきらぬ露の中であった。ふるるものなき朝露いっぱいの野といってもよかった。しずかに今日の日のために息とととのえるしばしの間ともいえようか。鵙の声をこころの奥にしつつ。

秋汐《あきしお》に漂ふものも去り行きし

ところは浜離宮趾《あと》。東京港の泊船《とまりぶね》を彼方にして、絶え間ない船音は離宮の木立の道にひびくのだが、浜ぞいに汐はやはり澄み、おもむろに波音の芥《あくた》を流していた。船の行き来をよその秋汐の動き、漂うものを去らせた波のいざないが心に沁《し》みた。

おさな児とあそびて遅々と落葉焚《た》く

気忙《ぜわ》しいときは落葉は掃けない。また焚くこともできないようだ。時間をいえば昼すぎの二時から三、四時間の間。主婦の余裕のときといえようか。掃き寄せた庭の落葉を焚きながら、四つか五つの女の子に何か話しかけていたその人が目に浮かぶ。落葉はこんな穏やかな、そして平和な日に散るもののようである。落葉の火は焔《ほのお》も美しく、煙はまたやさしくなびく。

行秋や聞かんとすれば昼の虫

雨の夜も虫は鳴いていた。台風の夜半にも正しく鳴く虫があった。雲美しい秋の日の経《た》つ早さ。柿の色づきを待ち、梨の甘さをよろこぶ日々に、秋はもう、うしろを見せていたのだった。気がつけばまだ昼を低く鳴く虫は、争えず衰えを見せた庭の片隅らしい。

冬

冬日和《びより》

昼間、布団《ふとん》を敷いて寝るということは、よっぽどのときしかできないのだった。第一、日本間に布団を敷けば、部屋の大部分を占め、その横を通る気づかい、布団の裾《すそ》を踏むまいとする心づかいを、私たちはそれこそ、祖母から、母から言い伝えられているし、現にまた、子どもたちに、自分でも神経質すぎると思うほど注意したいのである。

許されて、寝てよい暇は、このうえなくぜいたくな気がするし、同時に何やら済まないのである。

床にはいって、どうやらまどろみかけたら、これまた、台所にせわしくものを刻む音が始まった。

夕方の仕度にも間があると思うのに、いかにも軽い、はずむまな板の音である。これも女のかなしさだろう、だれかが台所にいる音がすれば、なんだか気が休まるのだった。サクサクとはずむ刻みようは、私には使いにくい、小さな菜切り包丁らしい、手応えのなさ過ぎる音である。

台所に一つの新しい笊《ざる》を加えても楽しく、新しいふきんをおろして新年を待つという仲間の句もそのまま同感できるのである。せんだって、私は新しい菜切り包丁をふんぱつした。包丁などというものは、五十円も高くなると、ぐんと上物になるのだった。ちょっと重た目の、それに近ごろは柄《え》の格好も、西洋がかって刃もよく切れそうで、希望がわくのである。

それなのに、手伝いさんはいっこうに使っているようすがない。私がときどき、

「切れるじゃないの」と使って見せて宣伝しても、聞き流しである。

眠るということはありがたい。二、三十分眠ったら、頭痛、風邪気も忘れたようである。そこへ千葉のY子さんの来訪だという。

「やっぱり小さい包丁ね、わかったわ」

といったら、手伝いさんは、解せないようすだったが、にっこりして、例の古い包丁をかざして見せた。

一山五十円、ジャムを作るリンゴだそうで、手もとにみずみずしい果物がサクサクと刻みためてあった。包丁の鑑定、ささやかな推理がみごとに的中して私はいっそう機嫌になって、Y子さんに会うのだった。

この人に会うときは、私はすぐその海岸の家の、松林を思い浮かべて、それにふれたくなるのだった。先年の初冬一度訪ねたきりの家であるが、春の日のこと、夏のこと、そして秋の入り日のようすなど、いつも見ている気がして、よくぞ訪《たず》ねて行ったものと、よろこんでいたのだが、気づいて見れば、それはY子さんの俳句が、いつも、私に何くれとその松林の四季を告げていたわけだった。

話はついまた共通のSさんに及ぶ。そしては、子を持つ親のあわれさ、かなしさばかりに突き当たって、案じあうほかはないのである。

「娘を嫁《かた》づけてしまえば、もう手は届かぬと思わねばなりませんね」

私に吹っ切れないでいたものを、こうはっきり言葉にしたY子さんを、私は見上げる気持ちがした。手が届かぬとは先方、相手方をさすのではなくて、まだ心のそばにしっかりといだく、離した娘にかける親心をいうのであった。

ときおり聞こえた木鋏《ばさみ》の音はお隣の松手入れ。

Y子さんを送って出た門に、青い松葉がこぼれ、小枝が剪《き》り落とされていた。湿った土の上の青松葉は目ざめるように美しかった。冬を冴《さ》えざえとなった松葉の色である。

これから下町の店にまわる、と言っていたY子さんであった。話の間は落ちついていてもいざ門を出ると、たちまちに押し迫るいろいろの用事を思い出すのが、家持ちの女の常であって、

「何もかも私がやらねばなりません」と、にこやかな自信ある顔であった。

Y子さんの店は木場、今ごろが松丸太の仕入れどきとのこと、茨城から、千葉から、ひっきりなしの入荷という。

「私なんかさわるわけでもありませんのに、いつつくのか、松脂《まつやに》がどこかについていますのよ」

とY子さんは右の袂《たもと》をすかし見るようすをした。そして、

「主人なんか、もうすっかり松の匂いがついてしまっているようで」とつけ加えた。

冬暖かな日和《ひより》のよさ。木枯《こがら》しに吹きざらされたあとに、ぽかりと授かる柔らかな日和は、私たちを心から力づけてくれるようだ。

母のため子のためつづく冬日和

夫の急逝《きゅうせい》にあって、親子二人になった友人をなぐさめるつもりで、この句が浮かんだが、これはむしろ、冬暖かき日和のなかに、その人たちを考えることが、気が楽なからか知れぬ。

そして、こんな日の夕空の美しさはたとえがたい。雲の裏を黄金に染める夕日である。その光の中を百舌鳥《もず》が鳴いてよぎった。そういえば私の庭にも何かしら鳥の影がしていた終日であった。雀はいつもの貌《かお》、ちらちらしていたのはヒワだったかしら。尾長鳥はお隣の屋根越し、裸になった欅《けやき》の一番高い枝に来ていた。それに笹子は、なんとすばやく植込みをかすめてくぐるものだろう。

さすがに残り少ないだろう暖かい日を惜しむような鳥たちの影であった。

風邪《かぜ》寝

「昨日ふき子さんをおたずねしましたが、お留守でした。もうぼつぼつ外出もしてご用をたしていられる様子で、少し安心いたしましたが、これからは折にふれてさびしかったりつらかったりがもっと深くなられることと思います。私の娘の入院もながくなりそうでございます。私は私で神経痛は寝ても起きても痛くて痛くて、主人が白菜のつけ物を二寸あまりもの大きさに切ってくれます。まるで二十年も私の切ったつけ物を知らないようなありさまでございます」

A子さんからの私信の無断借用であるが、つまされるものがあって、私はその文面をおぼえた。手紙の中のふき子さんというのも俳句の仲間、急病で良人を亡くした人のことで、そんなだれかれの消息にふれるからかしれぬが、つけ物の大きな切れに、しょんぼりしているA子さんがよくわかるのだった。

病気といえばつぎは二、三日前の小さな集まりに出たときの話。S子さんの報告に私たちはふき出した。

「結婚以来十年もほんとに一度も病気したことのない私が、こんどは風邪で寝ましたよ。そしたらね、三日目に主人がいうんです。なんでも取ってやるから起きてくれって」

笑い出した私たちを前にS子さんは言葉をついだ。

「だってね、起きたらもう起きっぱなしですものね」

起きっぱなしは本当である。笑ったあとに一同ちょっとしゅんとした。

風邪もひいておれぬせわしい母親たち――私は婦人の俳句にいつもそんなものをみつける。風邪で寝ても、風邪の苦しさ、病気のつらさをいう人はほとんどなくて、自分のかわりに台所にたつ子どものことを気にし、良人のいたわりを気の毒がり、不自由かけているだろう家族たちを案じている句ばかりである。

起きっぱなし、仕事のしつづけ、そしてその家の中にいることが、ほんとの女の幸福らしく思われる。

寒の雨

ちらちらと、東京に来た初雪であった。オーバーの背を前かがみに、かえって歩幅大きく歩《あゆ》もうとしているのは男であるが、私たちくらいの年輩の女は、つい小走りになっている。小走りになれば、心もただそのことだけにちぢかむ。落ち着こうとするけれど、すぐまた小刻みになり、雪も急調子になって、傘《かさ》に舞い込む。

でも、引きしまった寒気に、ことに若い女性の顔は冴《さ》えてきて、とりどりのネッカチーフは、こんなにも美しい目と、頬をしていた人たちかと、誇らしい気にさせられる。

雪から雨になった街《まち》は、妙にみすぼらしい。地下鉄工事にさんざん荒れた舗道を、人々は黙々と歩む。出っぱった木材には遠まわりをし、泥の水たまりは、一心によけて通るのである。気短い若人が、そこを飛び渡る。そのしぶきも心配だ。女の草履《ぞうり》のしかたなさ。近ごろますます、厚くなってきた草履は、雨の道ではしまつがつかないようである。もっと気の毒なのは、ハイヒールの足もと、ぬかるみ歩く、細いかかとのあやうさ。しかし、喫茶店の前、サンドイッチマン氏は、ちゃんと板ぎれの台に立って、うまい身振りの誘いである。ちょっとたのしくなった。早く掘り返しのない街がほしい。

ビル建ちふゆる東京、私などには、まるで方角がわからない。それにビルは、裏からみると、ひどくちがった表情をしている。

地下鉄出口で、昨夜も私は前後を見回して方角はついにだめ。雨にも薄れぬ、ネオンはじゃまである。通りがかりの会社員風の人々、今夜の句会のM社の道をたずねたら、気持ちよい応対。行き過ぎてまた振りかえり、指さしてもらったうれしさが、身にしみたのは、雨寒い夕暮れだったからか。

なるほどM社はすぐだった。それより前に、ぬぐったように、私は気が晴れていた。親切だったその人の面には、たしかにきょうの仕事を終えた、くつろぎと、満足さとがあったようだった。

茜《あかね》の空

お隣の欅《けやき》の大枝が、がっくり切り落とされていた。欅の裸木はことに美しい。芽立ちのときより、青葉のときより、裸になった細枝そっくりを、空にそろえる美しさは、胸の奥まで清まる気がするのに、こんな高さで、大枝がなまなましく打ち切られているのは、はっとする思いであった。師走《しわす》押し迫った日のできごと。

ものの十間も離れぬ場所の、私の二階からは真っ正面、枝散るけはいも知らないで過ごしたのは、やはり師走の気ぜわしさにまぎれていたのである。

しかし、いたいたしいと見えたのは、何日もなかった。朝日を受ける切り口は、しっとりとやさしく、地霞《じがすみ》立つ夕暮れはまた、残りの枝たちが、そこを守りかこむかに、しず

かな昃《かげ》りを作るのだった。

七草といい、松の内といい、やっと迎えた正月気分を、たのしんでいていいように思った日は、どうもとうに過ぎ去ったようである。私鉄交差の、三角州みたいなところの私の家など、夜もしらまないうちに、やかましく電車が走る。そしてもう、ふだんの客、人をいっぱい乗せた、重いひびきである。門を通る朝の靴音のせわしさも、やはりこの方がよい気がしはじめた。松の内ちぢまることの嘆きより、常の暮らしに立ち返るよさが、私たちをいつかつつんでいるようである。

暖冬、なんというよい日がつづくことだろう。一昨日も昨日も、見とるるまでの夕茜《あかね》。家並みのかなたに日が沈んでも、私の障子はバラ色に染まった。

こんな時刻、いちばん早く、そしていきいきと灯《とも》されるのは厨《くりや》の窓である。路地には、まだ遊ぶ子どもたちの声が聞こえる。母親が立っている。厨の灯《ひ》を心にして、彼たちは、今ごろを、こんなに元気な声を出し合ってるとしか思えない。欅の切り口も、きょうはいよいよ、目だたなくなっていた。

炭俵

切り口そろえた桜炭の、あの太い丸さを使うのは、なによりゆたかな気がするけれど、小さく割れた木炭の、一片ずつも、それぞれに心がある。私は、その小さなかけらを、火鉢《ばち》に寄せてやるのが好きである。第一火のおこりがよろしい——と思っていたのは言いわけであって、私のけちな性分の現われかしれない。

炭の値を、妙におびやかされるよううわさするのも、私たち女である。その重圧がこんな気を小さくさせているのだろう。使えばどんな細片でも、火になるありがたさだと、ま

た言いわけも出てくるけれど、なんにしても、炭は気がかりである。きょう見た俳句に、

附添ひの炭盗めるを見てしまふ

というのがあったが、なんという悲しい句であるのか。これは盗まねばならぬ人よりも、つい見てしまった人のほうが、ずっとつらい。心のやり場、目のやり場、その後の顔合わせに困るのは、こちらなのである。

目のやり場といえば、電車の中、私もよく席をゆずってもらうほうだが、さてそのあとの視線のやり場はむずかしい。それにもまして、老人を前にして腰かけている若人たちの、なんともいえぬ居《い》ずまいが、気の毒である。ちょっとだれかが声をかけ、すすめてくれたら、それでもとがんばる人たちには見えない。その役目を、私たち年かさのものが引き受けようか——それも差し出すぎるようでできない自分である。立って行くにも、私の髪も白い。これも人目におかしかろうと思っているまに、電車は進む。こんなとき、あぶなげに立っておられる老人に、手を添える娘さんや孫さんのつき添いを、そばに見つけるのは、うれしいものである。

池田より炭くれし春の寒さ哉　　蕪村

炭たっぷりある安心さは、昔も今も変わりがない。炭俵、あの図体が運び込まれるうれ

しさを蕪村もいったのかしれぬ。炭俵はまた、山の青い柴もつけていて、山の日差しを伝え、そこに住む人たちと、心通《かよ》う気にならせるのである。

迎え得た日

師走も押し迫った日の、とっぷり暮れたころ、箱根芦の湯のK旅館からの使いが見えた。「おそく獲《と》れて来たものですから」という口上である。折箱に並べられたわかさぎは、白銀色に透きとおって、ほんとに芦の湖の、蒼《あお》い水から、いまはね出した新鮮さで、実にもう、旧《ふる》い年を振り捨てた生きのよい姿であった。

年末のあわただしさは、私たちがすでに新春の空気を身に感じているからだった。そして主婦の暇とは、ほんとに家族そろって雑煮を祝ったあとの、まだ食卓もそのままのくつろぎのひとときではあるまいか。いつものように、さっと座を立つもののない、このひとときだけがまことに母として、主婦としての最上のよき暇であり、迎え得た春だと思う。

といっても、あれほどせわしく仕度したおせちの重箱もあまり役にたたないこのごろである。街《まち》にものがあふれ、ことに食料品は洪水のように店頭に積み上げられている。もののあるゆえのかなしさは、主婦を正月三日間も、のうのうと休ませてはくれないのだった。

商人はいち早く売り出したがっているし、ものがないとすましておれない。玄関先の足音一つにも、すぐまず台所の火を思い出さずにおれないのが家持つ女の正月である。

しかし新しい年は、ほんとにあまたの未知の日を従えて、私たちの前にきたのである。

初暦立ちはだかれる幼な等に　　汀女

屠蘇《とそ》押しいただいてのむ老いのそばもうれしい。また正月のよろこびに、息せききってかけ込む幼いものたちもうれしい。それなりの新しい年のよろこびの中心が、家守る主婦の座と思えば、きびきびとなるはずである。

山積みの用北風に心張り

私の仲間がつい先日この句を作っておられたが、気を張りつづける間に、ありがたいことには日脚《ひあし》さえ早や伸ぶと思うのが正月である。

そして、絶えて久しい人からの賀状をしみじみと私は読み返す。別れて久しいお互いの暮らしを何か告げてくれるのが一枚の賀状である。若きころそのままの字でありながら、やはりその中にお互いのくぐり抜けてきた、なみなみならぬ日数がうかがわれるのであった。書きつくせぬもの、書けぬ想い、それらをほのかに知りあい、遠くいたわりあうのも年頭の一日である。

白さということ

足袋《たび》先の冷たさのみにかかわりて

私の旧作である。じんと冷えるというよりは、どこに行ってもつきまとう爪先《つまさき》の冷えであって、わびしさとせわしなさに押しやらるる思いのことをいいたかった。

足袋は、私たちの暮らしを、ほんとにこまごまと知っているようだ。寝るまえに脱ぐ足袋は、きょうの心持ちをふりかえらせるし、その両方を、重ねてすみに片づけると、そこに心をわけてやる気がするのだった。

からりとかわく足袋はいつでもよいものである。垣根《かきね》の竹に、すっぽりかぶせて干せば、裏までも、日がとおるようだし、目の高さ、梅の枝に干糸をひっかければ、シベ吐いてぱっちり開く梅の花とともに、かわききる足袋のうれしさ。

いたんだ足袋が、白々かわくのは、これもなにかしら、自分を見るようでかなしい。そして、捨てられないのはまた足袋である。つぎつくろえばいつまでもはけるものであり、またつぎ足袋のぬくさ、はくことの気やすさ。風呂敷《ふろしき》いっぱいつぎためて、ただそれをだいじにしまっておられる、老夫人を私は知っている。

第一、きれいにつくろった足袋は、きっちり足にあう。きっとしまった足袋はけば、この日の心が定まるのであった。新しい足袋よも、ずっと身に添うものである。

それにしても、足袋とは、なんとはかなく汚れるものかしら。きょうの外出、足袋の白さばかりをたよりだと思うのに、行きがけすでに、つまずいて泥をなすり、あっと思うときは、人に踏まれて、とりかえしがつかなくなっている。

爪先の汚れの気になること、なんともいえぬひけ目である。そうでなくとも、私たちのはく足袋は、半日には半日のケガレをつけるものだ。

色足袋もとりどりに、ずいぶん好きだと思う色もできているのに、どうしても白い足袋でなくては、落ち着けないということは、白そのものが、私たちを力づけてくれているらしい。

帯

二月の風はなんとしても寒い。麦の芽をしごいて吹き上げる。

「あたたかき日のしまひかな」

と口に出た言葉を、どうしたことかと思ったら、つい今さき聞いたラジオの予報「あたたかい日がくずれます」とあったことが、気になっていたのである。

　茶の花に暖き日のしまひかな

というのは、虚子先生の句。

風は冷たいけれど、畑の道はもう、ふんわりとした、たしかに春立つ色。これよりの暖かき日の始まりである。そう気がつくと、傾く日の柔らかさ、電柱が長い影をひいている。その影のあたり、すでにびっしりと萌《も》え出す草である。霜かぶりつつ、座をひろげる草の美しさに私はおどろく。嫁菜《よめな》のセピア色、小さなおんばこの青の濃さ。すかんぽの葉は、しゃれた錆朱《さびあか》。藪《やぶ》かげは、そよとの風もない。外に出ねばわからなかった二月の夕日の温《ぬく》みであった。

その夕日に向かって、野の家は、障子を閉めたままである。そしてその中の話し声は、なんとぼそぼそとしたものだろう。

もずが鳴いていた。遠くに、チッチッと聞こえたのはたしかに鶺鴒《せきれい》、それはまだまだき

ょうをたのしむ鳴き声である。足もとの笹《ささ》の茂みを、ちらりとかすめたのは鶯《うぐいす》の若もの。まだよく鳴けぬからだつきである。どうもこの笹むらがねぐららしい。くぐり入る鳥の行くえに、笹が小さくむくりと動いた。それは、もどって来た鶯を、うなづき入れる格好だった。

さきほどまで、私は知り合いの娘さんから、かなしい縁談の相談を受けていた。「日脚《ひあし》伸ぶ、憂うるなかれ」とまた、つい出たつぶやきは、縁談という一事で、そむきあわねばならぬ、親子のかなしさに涙を見せた、娘さんと、私自身に言い聞かせる言葉であった。

娘さんのしめていた古風の赤い帯のよさ。七五三の帯の直しだという。遠き日に、こころこめて見立ててやったものを、だいじにしめてよく似合う娘ゆえに、母なる人の思いも深いのだろう。

市場

市場の張り出し店に、色つや見せて積み上げてあるミカンの前で、「これ甘いのですか」といってしまったら、おばさんの気色を損じた。おばさんは、私にかまわず、別のお客へかかった。悪いと返事するはずはないと知りながら、聞かずにおれないのは、すっぱいミカンに行き当たるのは、なにか意地悪でもされたように、瞬間悲しくなるからである。

魚屋にむしカレイが出ればまさしく春。魚屋さんも心得て、いちばん目につく、手にとってもながめたい、店のとっ先に並べる。あの桃色の子を抱いたカレイたちは、すきとおるからだそのまま、しなやかにかわいて、はるばる町に運ばれてきているのだった。

「タラ子もおいしくなりました」とおかみさんにすすめられると、ちょっとタラ子もたべたくなる。甘塩ものは三月だという。それも間近だ。

花屋さんは、それこそ百花りょう乱、マーガレット、ミモザ、金魚草のまた色の多さ。シップ蘭《らん》から、すみれ束まで、五月ごろまでの花たちが息づいている。チューリップやフリージアは、もうたしかに去年の冬から見なれた花。

「雪柳は露地でしょうね」

といったらしきりにカーネーションまじえた、花束を作っていた中年の店員さんが、これまた、ひどくふきげんな声を出した。

「ここには、露地咲きなんか、一つもありゃしませんよ」

「でも、あの椿《つばき》は、山のものでしょう」

別にさからう気でもなかったが目につくままにそういったら、

「だけど、ここらのもんじゃありませんよ」

とまだぶあいそだ。

椿ぐらい、季節を待って咲いた花があってもよいではなかろうかと、こちらも少々ふきげんになって、八百屋にきたら、真っ先に青いのは花をつけたきゅうり、さやえんどう、トマト、ここにも季節を忘れたものが多い。走りとも晩手《おくて》とも、けじめのつかぬものに、取り巻かれているのだと、考えながら歩いていたら、後ろから追い迫るオート三輪。こんな勢いで、花も野菜も出てくるようだ。

椿《つばき》

古い家の中で、母はしきりに捜しものをしている。古びた箪笥《たんす》を引き出す音がして、またすぐしめる音、こうして、母は、いつものを捜しているらしく気の毒である。気だてのよい手伝いさんたちがいてくれても、家を守り、ことを運ぶのに、母の腰はあわれに曲がっているのである。

鶏が鳴き、雀《すずめ》がさえずる。母の小さな菜園に白い蝶《ちょう》が降りてきた。空からまっすぐに、ほんとに恐れ気のない降りようであった。畝《うね》は小松菜、これもけさはぐんと茎伸び出て、つぶつぶの花ごしらえ、今にも黄色の新しい花がぱっと咲きそうである。

私もここの日当たりが好きである。ここにいると、母の暮らしのもの音が、何か聞けそうだし、足もとに散らかる土塊《つちくれ》にも、重ね片寄せた盆栽鉢《ばち》のかけらにも、母の日数がうかがえるのだった。

赤い芽がのぞくので、暖まっている瓦《かわら》のかけらを取り除いたら、そこはカンナの芽立ちだった。

筧《かけい》の音が絶え間なくつづく。湖畔の家々は、家ごとに「突井戸」といっている掘り抜きの清水《しみず》がわき出していて、それを導き落とす音である。ときたま過ぎるトラックやバスの音は、明らかに遠くに消える。静かだとは、もの音がまじって、はじめていえるということを、今度私は知った。鶏の声や、聞き慣れた水音、それらが、この湖畔の老人の家を、しんと静かにさせているのだった。そしてその中で、私の滞留の日はまたたく間に過ぎ去る。晴れた日はまことに恵みに満ちたと思う豊かな春であるのに、いったん、雨ともなれば荒々しい風音だ。おおいかぶさる木々や竹林の音とは知るけれど、すさまじくさびし過ぎる。耳遠くなっている母にはこの風音も聞こえないらしい。

つつじ咲く母の暮しに加はりし

これは先年の私の句で、今年は早目の帰郷に、花も乏しい、椿も咲かぬと考えてながめていたら紅《あか》い椿は私の思ったよりも高いところに咲いていた。昔の日、昔の高さを引きはなして、椿の木はずっと大きくなっていたのである。

舗道のイヌ

丸の内の電車通り、自動車がひっきりなしに来る。かわき切った舗道の上を、小さな紙ぎれや砂じんが、車のあおりで、絶え間なく低く吹き上げられている。そこへふさふさした毛並みの大きなイヌが通りかかった。なんというよい種類のイヌだろう。ふっさりはねた太い尾がまた、このイヌをなかなかよい姿にさせていた。

彼は道路を向こうへ渡りたいのだった。都電の前を通り抜けたら、自動車にさえぎられた。引き返すこちらにもまた車が来る。彼は黙々と向きを変え、身を避けた。そのたびに、ふさふさと揺れる尾が印象的で、車のちょっとの絶え間には、都電のレールぎわをかいだりして、何か欲しげの彼である。

ピッと鋭い呼び子の笛が鳴った。彼はぴくりとして、ものかぐことをやめ、道路横断を試みるが、それをさせない車のつづきだ。

その灰色のイヌを見つけて、振りかえるものは私だけではなかった。それほどに目立つよいイヌであり、いかにもあるじを見失ったイヌのかなしい歩きぶりであった。どうやら無事に舗道をよこぎったのに、彼は急ぐでもなく、またそこらのゴミの吹き寄せに、食べもの捜すようすである。

ここでもビル建設が急がれていた。足場が立って板囲いの、そこからも白っぽい砂じんがまき立って、クレーンの、油光りするワイヤーに、ピッピッと呼び子の合い図が鳴っていた。イヌが急《せ》き立てられた笛の音は、この工場のものであった。

おとなしそうだったイヌを気にして家にもどったら、家にはまた心配ごとが待っていた。子ネコのもらい手がついて、やれやれと思っていたのに、近所の娘の家についい一週間前に行ったばかりの一匹が病気、母ネコのいるこちらへ、あずかってくれとの申し込みがきていた。

なるほど弱って鳴く声も小さい。それではと抱いて来た子ネコはうれしげに、母に頭をすり寄せた。ところがである。二、三度においかぐようにした母ネコは、前脚《あし》でぴしゃぴしゃと子ネコの頭をたたいた。あっという間もない早わざである。そしてその一瞬からの、打って変わった子ネコのしおれように、私はちょっとおそろしさを感じた。弱り果てても、ひとり立ちしなければならぬ子ネコであるようだ。あるいは私たちが学ぶべきことかしれない。

おにぎり売り場

戦後という言葉を、私たちはすぐ使ってしまう。それはつい先だってのような気もするけれど、十年一昔ならば、もう一昔半たっているわけだし、いま少し景気のよい言葉を、使ってもよくないかしら。

といっても戦後、しずかだった私の近所の町も急にひらけて、飲み屋さんも並んだ。おもしろいもので、見かけて通ると、やはりその小店がにぎわっているほうがたのしいのである。客を待つ女の人が通りを向いてひっそり腰かけているのは私も気の毒でならない。

きのうはまだ宵の口、風がのれんを吹き上げる向こうに、年増の人が実になれた手つきでおにぎりを作っていた。こう両手を横にやり、揺り上げながらのにぎり工合は、きのうきょうの若い主婦などできるしぐさではなかった。その手つきは、おにぎりの太さも堅さも私にわからせてくれ、かねてちらちら見て過ぎていた、ここのあるじに私は親しみを感じたが、またなんと折よくであろう、通りかかった男の人の足が、その店に向いた。なじみでもあるらしいけれど、私は、この人もいまのおいしそうなおにぎりに引かされたのだと思いたかった。

デパートもおにぎり時代である。食品売り場のまん中に、一個二十円也の、いろとりどりのおにぎりが、たしかによく売れている。のり、サケ、ごもく、梅干、たらこ、どうもみな欲しくなるのである。たのめば売り子さんも気安くうけあって、器用に包み、たくわんの三、四きれはサービスだ。

「やっぱりおにぎりがおいしそうね、家でも作れるけれど買いますか」

四十ばかりのおかみさんふうの人、この相談の相手の答えは私に聞こえなかった。

「三つ、梅干入りをくれたまえ」

この注文は年配の男。男手ひとりの、妻君が病気している人ではないかなどと、ひととき の肩ふれあいに考えるのも、おにぎりのなつかしい持ち味のせいであろう。

同情心について

新村先生の広辞苑によると同情とは「他人の感情、苦悩をその身になって共々感じること」というのである。共に感じて、さて、私たちになしうること、いったいそれはなんであろうかと、それを考えさせられるのである。

私にはわびしい思い出がある。先年、それは冬近い雨の夜であった。舗道のさきのただならぬけはい、それはいたましい交通事故があったという、都会の雨夜のわびしさ、むごさがひしと迫るようで、その混雑の現場を私は過ぎかねた。遠まわりに、その人だかりの端の端を通ることが、私の精いっぱいの心づかいの気がしたのだったが、それをみじんも逃避だなどとは思わなかった。同情ともいえないのかもしれぬが、自分なりの心の置きどころを、私は思い返す。

近ごろ、私どもの近所にも映画館が次々にできて、駅に出るにも、市場にいくにも、その前を通らねばならぬ。おかげで、いろいろの映画の題名を覚える。はねる時間にぶつかると、流れ出る人たちと、真向きにさからうことになるが、その観客の表情に、私は映画の筋が何かわかる気がするのだった。涙かわかぬ女の

人たちが多い日は、なるほどと思うものがかかっており、そんな時には、男の人たちも、はしゃいではいない。だれもが、口少なになった歩みである。

私は、涙は自然のものであり、安価なものだとか、いたずらに流すものだとか、かんたんに言うほうが、どうか少々自分をひん曲げている人ではないかと思う。

経てきた年代がちがい、境遇がちがうのだから、感情感覚の差はあるだろう。しかし、心の奥にあるもの、自分でも思いがけない——そこなわれずにあるものといいたい——ときにふっと涙ぐむ瞬間に、私たちの心は浄《きよ》まっているといえる。

私はものごとを深刻に考えず、明るく考えすぎるかしれぬが、人はだれもが、明るさをもとめ、美しさをもとめていると信じる。花鉢《ばち》にあふれる花を見たら、だれでも一瞬心ひらけるだろうし、通りがかりの木立ちにさえずる鳥の声をきいて、立ちどまりたくなるそのひとときが、人間の本心であると思っているから、琴線にふれるものあって、流す涙も本当だと思うし、その涙を否《いな》む気にはなれない。涙を流すべしとは私はいわない。しぜんにまかせたらいいではないかしら。思わずわき出る涙を、安っぽいなどといったとて、とどめられるものでもなく、それをよそに心をそらそうとするときのむなしさかなしさを、指摘したい。

女性の涙というよりは、私は男性の涙をとりあげていいと思っているが、あるときは、男のほうがむしろ涙もろいのではないかしら。

いつか、旧劇の劇場であった。近松ものの場で、真っ先にハンケチを出したのは、私の左向こうの椅子の、男の人であったのに、おどろいたが、思い合わされるのが、はじめに書いた映画館前の人波である。サンダルひっかけたズボンの足を軽げに帰りゆく若い男性たちの、何か神妙な表情に、私は同じものを感じる。切ったりはったりの、ドタバタものより、やっぱり美しいものがよく、心明るくするものがよいのである。流した涙、わきかけた同情、共感の涙はむだではないと思う。私は旧式かも知れぬが、涙を軽蔑する人を軽蔑する。

子についてきた私

——親というもののたよりなさ——

生まれて四カ月というM家の娘さんはかわいかった。客間で私たちの相手をしながら、そのおかあさんは、ゆきずりに赤ちゃんをあやしておられる。くびれができたまるまるとふとった手足を、ぴょんぴょんさせながら、実におとなしい。間があったら、そばに行かずにはおれないのである。そしてはちきれるような頬っぺたをちょっと突っつきたく、赤ちゃんはまたにっこりするのだった。

「こんな静かな赤ちゃんなら、何人いてもいいわね」

というのは、私たち、ともかくも子ども育てた年長のものの言い分であった。

「かまわないでおくことも、おあいそになるのかもしれないわよ」

と、言ったKさんの奥さんは、私と目があってにっこりされたが、なるほど、たしかにそうである。おとなたちのかわいさにつられてのおあいそは、赤ちゃんには、迷惑なときが多いかもしれぬ。

次は、句の仲間で、おそらくいちばん年かさだと思うNさんの話。

「子どものときのわるさは、そう心配ないと思いますよ。Sさんとこの息子さんは、うちの子と同い年だからよく知っていますが、そのいたずらは類がなく、お湯屋では桶《おけ》をみな積み重ねてみたり、どうなることかと思ってましたら、やさしいいい息子さんになってこられます」

あまり話じょうずでもないN子さんから、こんなことを聞くと、そのいたずらぶりも察しられるが、若者になったその静かだという人柄もまた、私には想像つくのだった。

こんなことを思い合わせてみて、さて自分の子どもたちに、何をしてやれたかと考えてみるが、私はほんとうに思い出すものが少ない。しつけと名づくべきものは、ほんとに何もないようだ。

子どもたちと過ごしてきた日々に、ほんとは育ちゆく子どもに引きずられるような私だと、思われてならぬ。

ただ、今になって考えられることは、あまり干渉はしないほうがよいということである。ことに母親は、いつか、自分の子どもを、自分と同等の対象に置いている気がする。そのことは子どもをませさせているし、変にひねた子にする心配がある。

思えば、母親ほど、わが子に対して説き聞かせ、言い聞かせうる立場にあるものはない。この優越感（?）を私たちは、使い過ぎてはいないかと思うのである。——自分のことは気づかない。これは、私のはた目の感じで後ろめたいのだけれど——母親の饒舌《じょうぜつ》の前にしょんぼり立っている子どもを見ると、私はせつなくなってくる。そして、その子たちは、おとなっぽく、またさびしげな子となってゆくようだ。

電車の中の母子連れにも、よくこんな感じを受けるけれど、母子の愛情ぶり、しつけぶりは、やはり、遠くから見守るというほどのものが、私にはもっとも美しく自然な姿として映るのであった。

さて長女は、今は自分の子どもたちの服に、枕カバーに、いつも草花の刺繍《ししゅう》をやっている。編み物の根気もよい。私は無器用で、教ゆべきものを持たなかったが、この子が、幼い手つきで、編み棒を持ちはじめた姿が、思い浮かんでくる。糸を突っかけて、一つの編み目を作ろうとする熱心な手つきのつづきが今に及んでいるわけである。

この娘が好きなお習字といい、やはり家の内の仕事ばかり。親としては、やはりこの娘がしきりに刺繍をやっていると、「またか」と私は笑ってしまうけれど、その瞬間に、歳月の流れが映る。

父親が官職にいたので、子どもたちも転任に従わなければならなかった。大阪、構浜、仙台とあちこちしたが、私には子どもたちが、泥んこになるほど、駆け遊んだ土地がなつかしい。短ズボンに、土手をほんとに横倒しに駆けて土だらけになって帰る長男の汚れ顔を嘆きはしていても、内心はその元気をよろこんでいたことを思い出す。ちょっとした細工がうまくて、ナイフ、金槌《かなづち》、ゼムピンなどを、いろいろに役立たせていた子どもである。

釘打って今日は遊ぶ子秋の風

こんな句ができたのもそのころである。この子が大学に進むとき、戦時でもあったし、私たち親の意見を大いに加えて理科へ向かわせたが、やがて、この子はさっさと、またフランス文学に変わってしまった。

親というもののたよりなさ。ここにも、ついてゆくしかない親のあり方を知ったが、同時にまた、ついてゆくそのことに、満足感がしなくもないのである。

次男は、これは自然のなりゆきで、父親のつながりの銀行に就職したが、この子にも、ときおりきざす文学的あこがれのようなもの、それがもし、私の俳句の影響ならば、妙にすまない気持ちである。

思えば、ほんとに、しつけらしいものを、私はしおわせなかった。病気のたびに、あわてふためきした記憶ばかり。それに、不思議なほどに、子どもの日の記憶は、子どもの成長とともに薄れてしまうが、俳句が私には子どもたちの当時の姿をよみがえらせてくれるのである。

かぶと虫何処《いずこ》へかやり登校す

これなども長男、次男が、ランドセルを背に揺りあげて、駆け出たあとの、しんとした家の内である。

ゆかしさも年輪から

私をはじめ同じ年ごろのものたち、みながみな、まだ自分を老人ではないと思いこんでいる。

「電車のなかでね、おばあさんどうぞと席を譲られ、どこにもそんなとしよりがいないのにと、見まわして気づいたら、なんの、私のことでしたよ」

仲間のがっかりした告白である。見知らぬ人から呼びかけられること「おばさん」で暗然となり、それが「おばあさん」に移って粛然《しょうぜん》となるのが私たちである。

しかし見渡すと、一応の仲間、この時代になって、なにやら身だしなみを整えたく、また整えられる時期にも達しているようである。

しかし、それからの身の振り方のむずかしさ。まず第一は着物である。

派手《はで》は嫌《いや》じみ味気なしショール撰《よ》る

現に数日前の句会で、こんなのを作った人があって、まったく、ここのかねあいがむずかしいのである。しかし昔通りの、いわゆる年相応の柄は、いつのまにかくずれ去ったようだ。お互いに「はでなものを着ましょうよ」といいあうときに、何やら心がはずむし、「はでなのがお似合いで」などといわれれば、これまたきげんよくなっているのだった。しかし、これも程度ものだ。私たちは一つ覚えに、言っている。

「外人は、としよりほど、はでなものを着ているのですものね」

そういって、こんどこそはと、思い切って若やぐものを着てみると、とってつけたような自分が、せっかくの着物と別々になって、鏡に現われているのだった。争われない年の

好み、年齢の意思は厳としてそこに存在していた。

といっても、私たちは安んじていいようだ。世の中一般は、老人くさい柄ゆき、色あいを、もう捨て去って全体がはで向きと変わってきた。

私たちの持ち古した柄ものがちっともはでなく着られるし、これは私たちがいつでも、昔のままでいられる勘定だ。気を若くしてよいのはここにも理由があるのではないかしら。えりもとのよさ、帯の締めようにもひとりびとりの癖があるけれど、これも歳月を経たもののみの落ちつき——くつろぎともいえるゆかしさは、年輪ならではである。

化粧はもちろんするほうがいい。手に数滴のよいにおいの化粧水は朝の心を引き立ててくれる。ただそれは目立たぬ化粧であってほしく、濃化粧は見る人を、無気味にさせる。しかし、無精ものの私は考える。老いのその日々まで、絶えることなき身だしなみ、目立つほどの化粧をつづけている人は、よほどの勉強家（?）、敬服すべきことだと気づいたのである。

私はO夫人のおしゃれ——というのは気になる——たしなみを学びたいと思う。七十をいくつかこえられているが、ある日は髪に何気なく、珠《たま》入りのネットがかかっていた。観劇のある日はちょっとつけてあった口紅のよろしかったこと。また、あるときの帯には

「絵の具を買ってきて、自分でちょっちょっと模様をつけてきましたよ」と、手早い仕事の、しゃれた帯を見せられた。

おしゃれとはけっきょくは、気の張りよう、頭の使いようにあるようだ。それから手まめであること。

天地して縫ふもたのしみ秋袷《あわせ》

という句も仲間のものだが、天地上下やりくりくめんして、縫いあげしもののよさ。その幸福感は女でなくては味わえぬことと思うけれど、年配のもののおしゃれとは、こうしてわれとわが身を、さっぱりとあらしめることに尽きると思う。

しかし、いくら年とっていても新しいものを買い、作り、身につけるうれしさには変わりない。

病むとてもせめて一枚の新しい浴衣《ゆかた》を

という句を作ったのは、娘をとつがせたあと、ひどくさびしがっていた友人だが、たび一足新しくても、何やら心はずむのが人情だ。

Y子さんのおかあさんは去年が喜寿のお祝いであった。帯がほしいとのことで、皆で帯をお祝いにさしあげたが、「似合うでしょう。このあわせは子どもたちが作ってくれました」

と、前向き、後ろむきの立ち姿を見せてくださった。老いてますます色白の、ほんとにおしゃれといいたい身のこなし、にこやかさを、私たちは拍手した。年をとっても明るい姿勢、愚痴いわぬことが、おしゃれに通じることかもしれない。Y子さんのおかあ様にそれを見せられる。そうだ、この方もちゃんとパーマネントかけておられる。

「髪が薄くなったのですから、パーマかけねばおさまりませんよ」といわれるが、毎日の始末もこのほうがたしかによい。特別に、年配向きの、ていねいにかまってもらえる美容院があれば、繁盛することと思う。

またT夫人がいわれた。

「私たちの形見に、もう、着物など、だれももらってくれないそうですよ。指輪がいいのですって」

さあたいへん、形見用のもの、嫁と娘に安物でも用意せねばならぬかと、思うのは、これまた争えず、私もなにやらそんな日を考えるからであろう。

秋冬は、さすがに同志みなきものであるが、夏はそれこそ近年いっせいに洋服になっているのは、さすがに時勢だと思う。それぞれになかなか好みもよく、くつもはきこなしている。服装かわればば心改まり、若さもよみがえる。スタイルブックもけっして若人のみのものでなく、デパートのモデル人形をとみこうみするたのしみもふえたわけである。としより——といいたくない。年配とでもいえばほのぼのとの思い、しあわせである——年配こそ、希望たくさん、おしゃれのしがいもあるといえよう。これまでの歳月の経験を生かして。いじけないこと、あすの天気を信じて。

冬と私

《自句自解》

落ち雨にすぐ掃きやめぬ石蕗《つわ》の庭

にわかに冷やかなるころの、たよりない気持ちのときだからか、石蕗の花の黄は鮮《あざ》やかだ。

私はこの句に故郷の庭の母を感じ、また自分の顔にも降りかかる幾筋かの雨を感じる。空低く、冷たく降る雨は、たちまち箒《ほおき》持つ手をとどめさせてしまうのだった。掃《は》き止めて、家のうちのなすべき用事にまぎれていったのは、これも母のようであり、また私でもあった。

短日の暗き活字を子も読める

日の短さは、灯を入るることも忘れるほどである。手もとに身のまわりにまといつく夕闇を押し退《の》けるようにして、ちょっとのぞいた子どもの部屋、そこには子どももまたほんとに暗い活字に顔を近づけていたのだった。たしかにもう読み辛《づら》い活字の面、何か読み入っていた子どものさまが短日《たんじつ》を私に教えた。

時雨《しぐ》るるや水をゆたかに井戸ポンプ

ぐっと一押しに水をいっぱい出してくれるポンプ井戸の、ありがたさ満足さを知らぬ人はあるまい。時雨は妙に私たちをいじけさせるがその中の夕仕度のわびしさを、一押しずつに、どっと水吐くポンプは打ち消しもするようだった。

炭斗《すみとり》に炭まだ小出し菊枯るる

物置きから炭斗を捜し出し、それに炭を入れればもう冬はしっかりと私たちにすわり込むのである。その冬に入る思いをせめて遠ざけようというのか、切炭《きりずみ》を籠《かご》に満たすことがためらわれた。しかしもう添竹《そえだけ》もやりかねていた庭隅の小菊はそのままにすがれていく日であった。

じゃんけんに今日の春着の長袂《ながたもと》

正月、春着うれしい女の子たちを見るのはたのしみである。長い袂のきものを着れば、子どもはまるでおとなしく、遊びも変わってきているのだった。じゃんけんの手の出しようもそうらしい。袂をかかえるしぐさのかわいさ、だれもが経《へ》て来た、覚えの、なつかしまるる姿である。

雪しげく何か家路の急がるる

雪の降ることは、どうして、こうまでわが家恋しくさせるのだろうか。みるみる雪かぶりくる美しい街《まち》の景にも引き止められず、友に会う気も起こらずに、ひたすらに急ぎたい家路である。雪しげくなればなるほどそれにつれてまた一心に、急ぎ足になっている自分があわれにもなるのだった。

麦の芽に井戸もすぐ出来小家《こいえ》建ち

ここにも畑がつぶされて、家が建つのであった。青く畝《うね》つくる麦の畑に、井戸もはや掘られ、ポンプも据《す》えてあった。もうそこに、人の来て住み、暮らしのはじまるまぎれない姿である。ここにこれより住みつく人に私は親しみを覚えつつ見て過ぎた。

大いなる凍《いて》のかたえに降り立ちし

強霜の、カンと音のするように凍《こお》りついた大地であった。一歩足を降ろせば凍てのひびきが、身を走るような寒天のもとにて、私たちは、なんとささやかなものであろうか。しかしまた、その凍ては私を奮《ふる》い起こすものも与えてくれた。はげまし立ち向かう心もおこさせられるのが、凍てきびしき朝のようである。

枕上《まくらがみ》来てやる度に隙間風

何やら今日は静かにあそぶと思う日の夕ぐれは、かならず熱を出していた子どもたちであった。枕にぴったり頬あてている子のうるむ瞳はいつでも辛いが、といって、つきっきりでないのが私たちの常である。「来てやる度」いささかずつすわってやる枕上に、すうとしのび入る隙間風は、子が感じていただろうか。それは私が身に受けて、熱のおさまりをただ待つこと、それだけであった。

風邪の床ぬくもりにける指輪かな

はめているとも気づかないほどの、古い指輪が、風邪のふとんの中で、ぬくもっていたのに気づいた軽いおどろきといおうか。風邪というものの仕方のなさ、寝ねばならない一両日の床に、古い指輪とともにあるうらがなしさをいいたかった。

初雀円《えん》ひろがりて五羽こぼれ

雑煮を祝うころは、それまた申し合わせたように、庭に雀がやって来て、ぱっと舞い降りてくれると、元日のこころはいよいよ晴れやかとなる。一目に思わず数えた「五羽」そして「円」といいたい彼等のこぼれようが私にはうれしかった。

次の子も屠蘇《とそ》を綺麗に干すことよ

まだまだ子どもとのみ思い込んでいた次の男の子が、なみなみ受けた屠蘇の盃を、見事に干したときの、私の表情を知る家族はいまい。おどろきともかなしみとも、おそれともつかぬ気持ちの私の顔に、雑煮鍋の湯気がふれたのを覚えている。

あるときの羽子《はね》待ち遠く落ちもする

突いた羽子の落ちて来る間の、あの澄み切った、そればかりを待ち受ける気持ちは、それこそ初春そのもの突き上げて、これはまた久しくかかる落ちようや、羽子の色の思い出は、いつまでも私たちから離れない。

あとがき

いつの間にか溜っていた文章を集めることになりました。考えてみますと、みな、その日その日に、私の窓にひらけた空のこと、庭の木々のこと、そしてまた、お隣の屋根の上に浮かぶ雲から教えられ、思いついたことばかりを書いてきたようでございます。

例年のように、この春も、熊本に母をたずねてまいりました。九州へ近づく車窓の景色、母との暮しの数日、別れをつげて上京の途次のこと、このくり返しをつづけてきたような気もいたしてなりません。

今年九十歳を迎えた母にこの書がとどけられるのを、私の倖せと思いおります。

句と同じで、その日のものをとどめて置いてよかったと思いますし、ささやかなことが多くて、かえりみられもしますけれど、おすすめのままに集めてみました。

俳句を作りあい、また選句をするのは、私こそ教えを受け、はげまされることばかりでございますが、作句のことや、句会、選後評などは別にまとめることにいたしました。

自句自解は私の心の控えでございます。

上梓について冨山房坂本社長、社長母堂いち氏の御厚意に御礼申上げたく、同社の小山田和丸氏の格別のお骨折を感謝いたします。

昭和三十八年四月十二日

汀女

明日の花　新装版

中村汀女　著

昭和三八年　五 月一〇日　初版発行
令和　六 年一一月二六日　新装版第一刷発行
令和　六 年一二月二五日　新装版第二刷発行

発行者――坂本嘉廣
発行所――㈱富山房企畫
東京都千代田区神田神保町一－三　〒一〇一－〇〇五一
電話〇三（三二三三）〇〇二三
発売元――㈱冨山房インターナショナル
東京都千代田区神田神保町一－三　〒一〇一－〇〇五一
電話〇三（三二九一）二五七八
印　刷――㈱冨山房インターナショナル
製　本――加藤製本株式会社

ISBN978-4-86600-133-3 C0095